牛街琐忆

奔马图 作者：陈春喜
恭祝各位读者，马年吉祥！

最美的歌儿唱给妈妈

作者在纵情高歌,摄影:纪树峰

摄于牛街法源寺后街

桑葚熟了的时候

月莲

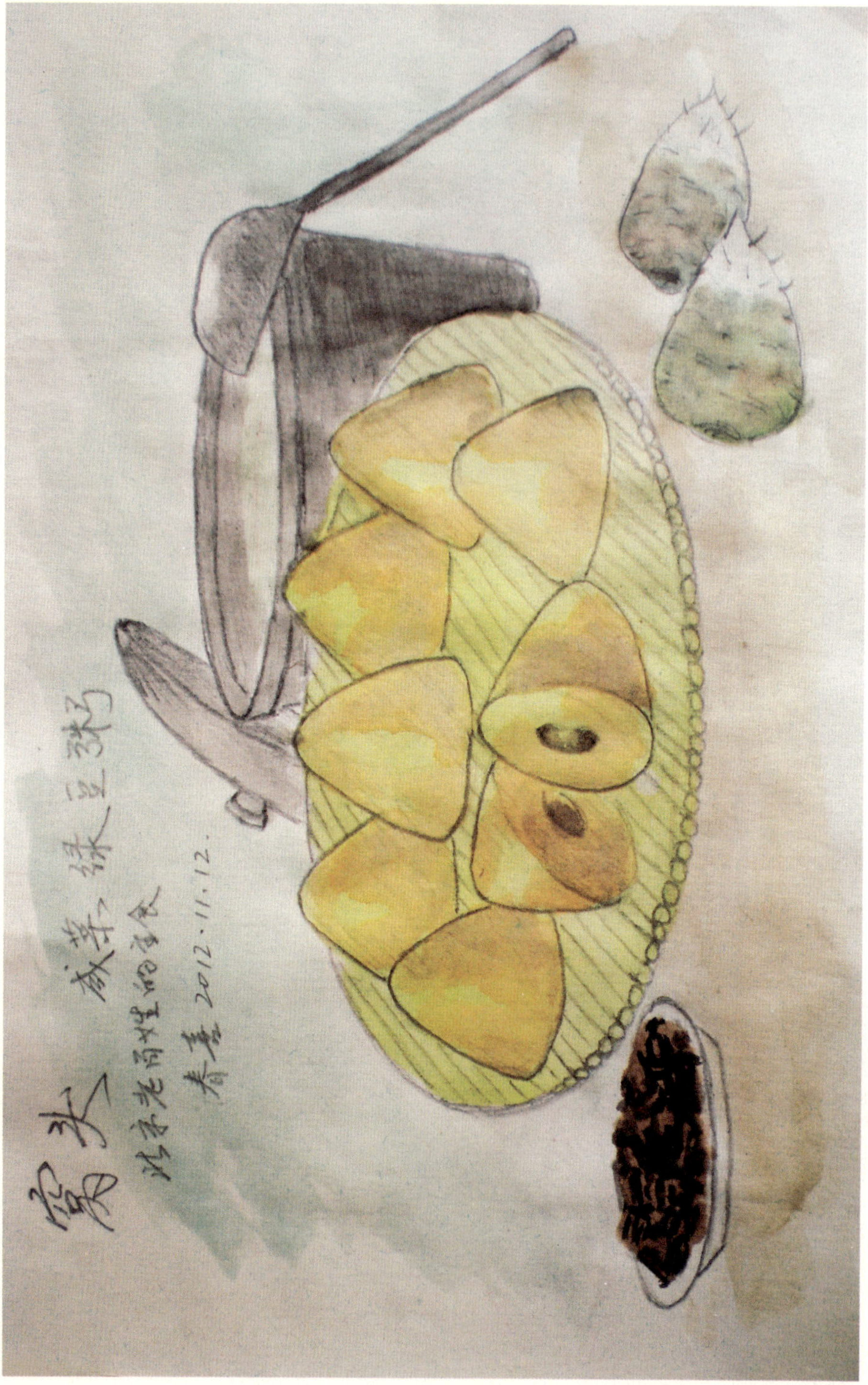

窝头　咸菜　绿豆粥

北京老百姓的吃食

春喜 2012·11·12

窝头

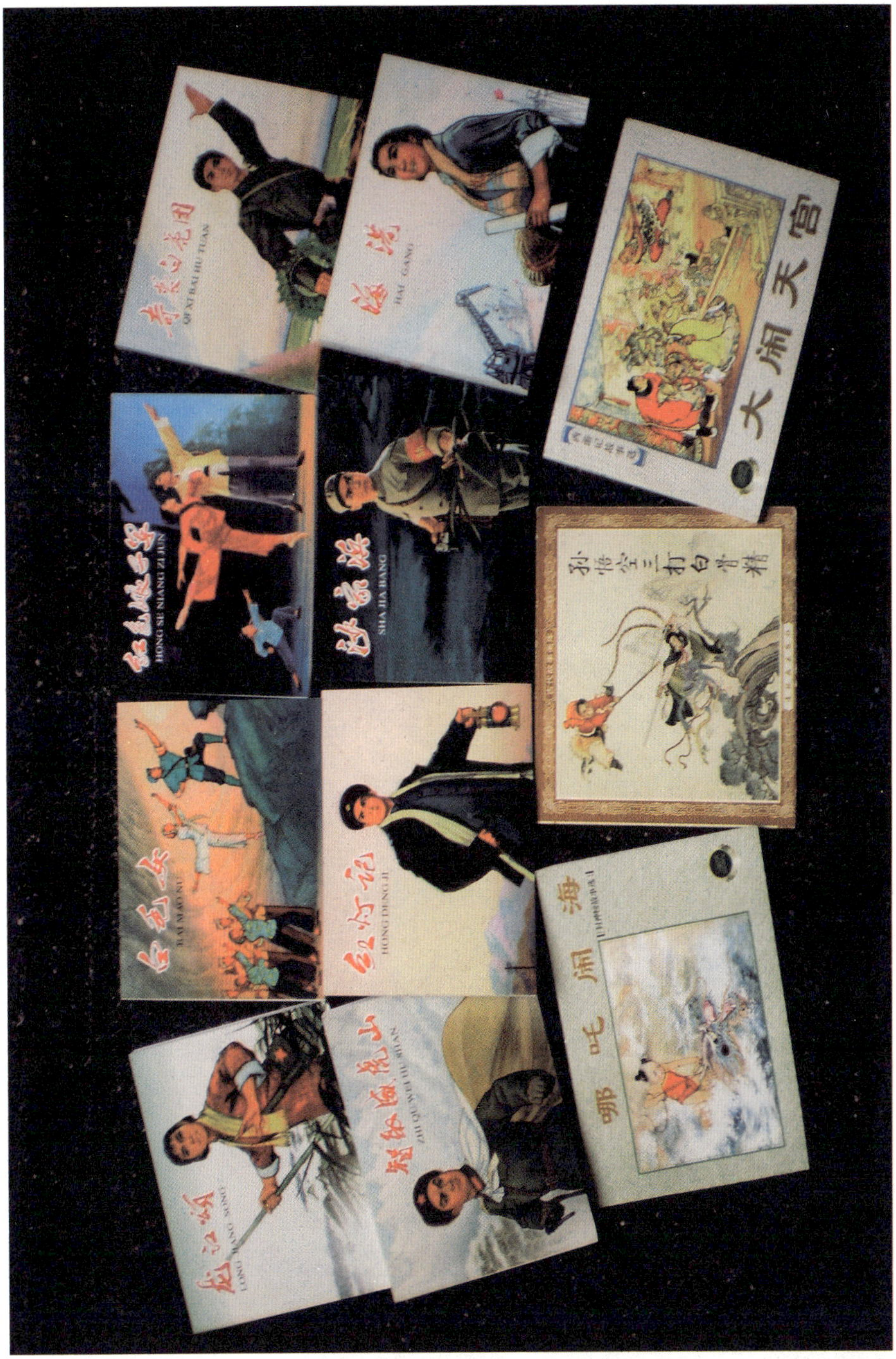

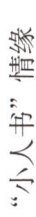

"小人书"情缘

牛街琐忆

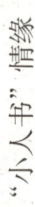

"小人书"情缘

"小人书"情缘

"小人书"情缘

"小人书"情缘

"小人书"情缘

"小人书"情缘

"小人书"情缘

留在胡同里的乡音

侉炖鱼

说几件咱北京人日常生活中的老物件

难忘儿时夏夜晚

牛街琐忆

小铺

春姜（凭记忆作画）2013年5月

艾窝窝、豌豆黄儿、麻花、切糕、糖耳朵

陈春喜 著

牛街琐忆

北京燕山出版社

图书在版编目（CIP）数据

牛街琐忆 / 陈春喜 著. —— 北京：北京燕山出版社，2014.6
ISBN 9787-5402-3556-7

Ⅰ.①牛… Ⅱ.①陈… Ⅲ.①散文集－中国－当代
Ⅳ.①I267

中国版本图书馆CIP数据核字（2014）第115074号

书　　名：牛街琐忆
作　　者：陈春喜
责任编辑：金贝伦　陈赫男
特约编辑：叶青竹
出版发行：北京燕山出版社
社　　址：北京市西城区陶然亭路53号
邮　　编：100054
电　　话：010-65243837
经　　销：新华书店
印　　刷：北京兴星伟业印刷有限公司
开　　本：710毫米×1000毫米　1/16
字　　数：214千字
印　　张：12
版　　次：2014年9月第1版
印　　次：2014年9月第1次印刷
定　　价：32.00元

版权所有　翻印必究

开篇寄语

此书献给生我养我的故乡——牛街
献给那些可亲可爱可敬的老街坊们

我的写作格言

陈春喜

悠悠岁月，多彩人生，人世间的喜怒哀乐，通过文字把它写出来，至于编辑部登与不登，那是他们的事。只要能陶冶情操，能抒发自己的内心世界感悟，心里痛快了，心情舒畅了，就足够了。

把看到的、听到的、想到的美好事物，通过文字把它表现出来与大家分享，自己也乐在其中，何乐而不为呢。

有些人写作是为了挣钱，有些人是为了出名，这都是正常的，可以理解。而我的写作目的，就是为了快乐，仅此而已。

能在文学写作领域里，贡献一点点微薄之力，是我最大的快乐。

放平心态，顺其自然，积极写作，既陶冶了情操，又锻炼了脑力，那感觉真的很不错。

自序

牛街情怀

我生于1950年1月，我多么幸运，生在新社会，长在红旗下，而且出生在北京。您说，我是不是一个完美的幸运儿。

我出生在北京的宣武区牛街，那里是回族的聚居区，牛街之所以有名也是这个原因。如果您提起牛街礼拜寺，北京人没有不知道的，因为它太有名了。至于我也是如此，没错，回民。

北京，作为伟大的首都，有着悠久的历史，是元、明、清三朝建都的地方，有着深厚的文化底蕴，无论是建筑风格，还是整体造型，都有着独一无二的特点，体现出东方艺术完美的特征。

北京，在过去都叫它北京城，这是有道理的，它的最大特点就是城，既然是城就应该有城门、城墙。北京城分为内城和外城，内城就是过去的皇宫内院，称为紫禁城。外城有点儿像一个"吕"字，就是现在的二环路以里，过去都是用城墙围住的，在城墙的拐角处和重要入口都有城门。先说说"吕"字的上面一个"口"：如果按上北下南左西右东的方位来说，右起东直门，往西经安定门、德胜门，到西直门，再往南到阜成门、复兴门，从复兴门往东到宣武门、前门、崇文门、建国门，再往北到朝阳门、东直门。再说下面半个"口"是西起西便门，往南到广安门、右安门，从右安门往东到永定门，再到左安门，从左安门往北经广渠门、东便门。这一圈就说完了。到如今，城墙没了，城门也就没了，只留下了名字。国家的事儿我不敢妄言，只是觉得可惜，那可都是文物啊！前些年，重建了永定门，我心里真是高兴，跑去看了好几次。我梦想有一天，北京逐渐复建所有的城门，还原一个真正的北京城。

过去咱北京有四大中心城区，即东城、西城、崇文、宣武，如今四城区合并，成了两个城区，就连崇文、宣武这两个有着北京特色的名字，恐怕随着时间的推移，也会渐渐地消失。要说咱北京，就是胡同多，这是咱北京的最大特色，许多的外国友人不就是冲着胡同来的吗？而现在，小胡同越来越少，高楼大厦越来越多，我真有点儿找不着家的感觉，这还是北京城吗？

咱北京原有"富东城，穷宣武"之说，意思是说东城区住的有钱人多，那里的胡同比较规范，青砖青瓦的标准四合院也很多，磨砖对缝，古色古香，透着气派。而宣武区就透着寒酸，在我们牛街那些小胡同里，像模像样的四合院太少了，几乎没有。大部分是大杂院，一个院里住着七八户人家是常有的事儿，而且都是穷人，净是做小买卖的，或做苦力的，而且房子又小又矮，那就是牛街的特点。

回忆起小时候，经常到宣武门去玩儿，从牛街到宣武门并不远，所以每次我们都是走着去。也许是年龄小的原因，每次看到城楼，都觉得雄伟高大，直冲云霄。成群的雨燕在上面飞来飞去，唧唧地叫着。那幽雅的环境，透着古风古韵，令我至今难以忘怀。

而我就生长在这样一个环境里，在这里充满着古色古香，充满着老北京的特点，充满着老北京人亲切的人情味儿，充满着京城普通老百姓的喜怒哀乐，充满着童年美好的回忆。于是我便将这些*丝丝缕缕*的难以磨灭的记忆记录下来，并付诸报刊。几年过来，回头一看，竟有数十篇，便辑成《牛街琐忆》一书，在抚摸故乡的同时也求教于读者。

目录

上辑——牛街琐忆

1. 桑葚熟了的时候 … 002
2. 月莲 … 004
3. 窝头 … 007
4. "小人书"情缘 … 011
5. 留在胡同里的乡音 … 014
6. 城南旧事 … 017
7. 侉炖鱼 … 020
8. 说几件咱北京人日常生活中的老物件 … 023
9. 难忘儿时夏夜晚 … 025
10. 小铺 … 028
11. 童年的歌谣 … 030
12. 忆南来顺小吃店 … 033
13. 那些离我们远去的手艺人和卖艺人 … 053
14. 玩家 … 057
15. 漫话"心里美" … 061
16. 茉莉花茶 香飘千万家 … 063
17. 球儿、洋画儿和三角 … 066
18. 那些年冬天里我们所玩的游戏 … 069
19. 乞帖 … 072
20. 聚宝源与万丰粮店 … 074
21. 忆牛街北口的清真大食堂 … 077
22. 学画像 … 079
23. 那些年夏天里我们所玩的游戏 … 082
24. 小时候爱看电影 … 085
25. 唱评剧 … 087
26. 感谢恩师 … 090

27. 胡同中那些快乐的小姑娘………………………093
28. 咱北京人爱吃面…………………………………096
29. 醉酒………………………………………………099
30. 我爱读书…………………………………………101

下辑——闲情琐记

1. 把握青春…………………………………………122
2. 啊，我喜欢柳……………………………………124
3. 美哉 昌平的山…………………………………126
4. 一只小鸟的自述…………………………………128
5. 集香烟盒子的苦与乐……………………………131
6. "四"与"八"趣谈……………………………133
7. 惊心的一幕………………………………………134
8. 相聚在无锡………………………………………136
9. 我的钢镚儿情缘…………………………………138
10. 难忘宁夏"八宝茶"……………………………140
11. 糖酥馍……………………………………………142
12. 学洗相片儿的乐趣………………………………144
13. 蟒山红叶分外靓…………………………………146
14. 希望看到这个广告的续集………………………148
15. "北京话"就是让您爱听………………………149
16. 有滋有味儿的"北京话"………………………151
17. "三八"礼赞……………………………………153
18. 花草情趣…………………………………………156
19. 好一场春雨………………………………………158
20. 感悟人生…………………………………………159
    后 记……………………………………………161

上辑

牛街琐忆

桑葚熟了的时候

每年的五月底六月初是桑葚熟了的时候,而每当这个季节,我就想起那一段童年时的往事儿。

记得那是20世纪60年代初期,我上小学三年级。那时我家住在北京宣武区牛街一条普通的胡同里。这是一个大杂院,院里住着七八户人家,彼此之间相互帮助,相互照应,非常和谐。

在我们这个院子里种着三棵树,一棵枣树、一棵椿树、一棵桑葚树。说起来还是那棵桑葚树最惹眼,它是由三棵小树组成的,不知是怎么长的,三棵小树相互拧成一起,一块长,它显得很茂盛,也很壮观,这就使我们不大的小院充满了生机。

当春风吹来的时候,桑树悄悄地冒出了嫩芽,随着时间的推移,嫩芽长成了嫩叶,嫩叶渐渐长大,由嫩绿逐渐变成深绿,仿佛是一夜之间,树上开满了黄绿色的小花。这些小花散发着的香甜,充满了整个院落,随着微风又飘进了每个屋里,那香味闻起来非常舒服,非常惬意。

在不知不觉中,小花变成了一颗颗的小果实,刚开始的时候是绿色的也很小,以后慢慢地长大了,果实也由绿色变成了棕红色,再由棕红色逐渐变成紫色,等到五月底六月初的时节,桑葚成熟了,满树的桑葚变成了黑紫的颜色。一嘟噜一串串地挂满枝头,散发着一股股的甜香。这个时节也是我们这个大杂院最快乐的时候,孩子们更是高兴万分。李家大哥把全院的人都叫了出来,并叫他们拿上盛桑葚的家伙。这时李家大哥猛地朝桑树踹上一脚,于是桑葚就像下雨一样噼里啪啦落了下来,人们开始纷纷地捡拾地上的桑葚,放进家伙里。孩子们更是乐疯了,抓起地上的桑葚就往嘴里填。啊!那桑葚真甜呀!一会儿的工夫,孩子们满嘴就变成了紫色,嘴紫了,牙紫了,舌头紫了,有的连鼻尖和下巴都紫了,于是他们互相看着对方,你指指我的嘴,我指指你的脸,你捅我一下,我捅你一下,嘻嘻哈哈笑声一片。整个院落充

满欢乐的浪潮。啊！好一个祥和的画面！

这个时候，也是我国三年困难时期的第二年，粮食定量，副食紧缺，仅有的一点副食品，不是要票，就是写本（副食本）。生活相当困难，人们普遍吃不饱。在这个时候，能吃上一顿香甜的桑葚，也算是一桩美事。

时隔多年，每当桑葚熟了的时候，我都会想起那些可爱的老街坊和小伙伴们，还有院子里那棵桑葚树。

月 莲

我喜欢读朱自清的散文。

而我最喜欢读的是他的那篇《荷塘月色》。

每当我读起这篇散文的时候,就深深地被文章中那些优美、宁静、飘逸的文字所吸引。同时,我都会想起一个名叫月莲的、可爱的姑娘。

20世纪50年代初,我出生在北京宣武区牛街的一条普通的胡同里。那时牛街地区住房大部分都比较矮小,显得很拥挤,人们普遍住在大杂院里,邻里之间却相处得非常融洽。夏天,北京的天气异常炎热,人们纷纷到院中或胡同里乘凉,有的坐在小板凳上,手摇蒲扇,喝着香茶,在山南海北地说古论今侃大山。有的在路灯下打扑克、下象棋,孩子们更是玩疯了,男孩捉迷藏,女孩跳皮筋,整条胡同呈现出一片祥和的画面。

月莲和我同住在这条胡同里,是门挨着门的邻居,她比我小一岁。她的脸蛋圆圆的,黑黑的眉毛又浓又长,一双大大的眼睛像两颗黑亮的葡萄,一眨一眨的,别提多好看了。她特别爱笑,只要她一笑就露出了两排洁白整齐的牙齿,真是美丽极了,她的皮肤很白,尤其是脸上的皮肤,像瓷一样光洁,脸蛋又隐隐透出健康的粉红色,看起来吹弹可破,美丽异常。

我是男孩,在胡同里自然和男孩一起玩,我和她开始接触是我上小学五年级,她才上四年级的时候。有一次我把自己画的几幅画拿出来,和几个小伙伴一起欣赏,被她看见了,当我们聊完了各自散去时,她叫住了我,说:"能把你的画让我看看吗?"我说:"行,你看吧。"她一张张仔细地看后,脸上露出惊喜的神色,喃喃地说:"画得真好看。"这时她仰起脸对我说:"能送我一张吗?"那时的我比较小气、抠门,就说:"只能送你一张啊,多了可不行。"她惊喜地从中拿出最喜欢的一张,满脸都是笑意,看上去她高兴极了,说声"谢谢你",然后就转身跑回家去了。

从那以后,我和她的接触多了起来,我和她虽然不在一个班级,但总有

说不完的话，现在想起来我们说的无非是一些儿童所接触的话题，说到有趣之处，她就哈哈地笑了起来。就是这个印象，深深地印在我的脑海里，几十年从没忘记，那美丽的满是笑意的脸庞，红红的嘴唇，洁白整齐的牙齿……

有一次，那是我国三年困难时期的末期，母亲不知从哪儿淘换来一点芋头，蒸熟以后给我和三哥吃了一个，甜甜的、面面的，非常好吃，余下的五六个，我舍不得吃，用一张报纸包起来，晚饭之后，我出了门，来到月莲家，把她叫了出来，然后把纸包塞到了她的手里。她问："什么东西？"我说："好吃的。"说完我就回家了。第二天的傍晚，我放学回家，月莲在胡同口正等着我，她几步走到我跟前，把一个小包塞到我的书包里，然后转身就走了。我回家一看，是几个煮熟的菱角，还有两块儿上海出的大白兔奶糖。我心里真是高兴。别看这点不起眼的东西，在当时，那可是奢侈品。

以后的日子，我一旦有什么好吃的，好玩的，脑子里首先想到的就是月莲。我觉得她也和我一样，也接长不短地送我一些好吃的、好玩的。就这样我和月莲之间搭起了一道美丽的彩虹。我敢说，我的童年是多么的幸福啊！

可是，老天爷真不开眼，造化弄人，上中学没多久，"文化大革命"开始了，我和同学们一起上山下乡到宁夏生产建设兵团，当了一名北京知青。这期间，我们都长大了，月莲和我常通信往来。当我第一次回北京探亲时，在胡同里碰上了月莲，她惊喜地对我说："回来了，我给你的信你收到了吗？"我竟然鬼使神差地说了声："收到了。"就是这三个字割断了我和月莲的交往。事后我回忆，是哪封信呢？最后断定，就是最后这封关键的信，我没收到。她在信中写的什么我一概不知，后来回到宁夏的连队后，有人对我说："你走后有你一封信。"可是当时那么乱，到哪儿找那封信呢？

就是这封信，使我懊悔终生，我失去了世界上最美丽的姑娘月莲。有人一定会问："同在北京、同在一条胡同里，你不会去找她吗？"当时的情况我再补充一下，她中学毕业后，留在了北京，她学习那么好，长得又那么漂亮，后来我得知，她在北京找到了一个非常好的工作单位，而我，一个普通的北京知青，在外地，前途渺茫，感到非常自卑，怎么好去影响人家呢？还是算了吧！

匆匆几十年过去了，人真是越老越怀旧，童年的往事常常浮现在我的眼前，月莲的音容笑貌时常在我脑海里浮现。在梦中，还经常梦到我和月莲在

一起，有时会哭醒。第二天下定决心去找月莲，可是一次一次被我放弃了，都什么岁数了还去打扰别人的生活，还是算了吧！我和月莲可以说是：近在咫尺，远在天涯。

前几天，我专门为月莲画了一幅画（四尺宣，竖幅），画面上画了一轮大大的月亮。月亮下面是一朵洁白的莲花。我把这幅画题名《月莲》。旁边的小字是：同年学友月莲。没事的时候，读一读《荷塘月色》，看一看这幅画，抒发我对月莲的思念之情。

哦，月莲！

窝 头

说起窝头,也许大家都不陌生,它是用玉米面、豆面等粗粮做成的食物。在过去是咱们北方地区,也可以说是咱北京老百姓生活中不可缺少的主要食物。是不是咱们老百姓就爱吃窝头啊?不是,那是因为穷啊。窝头的形状是圆锥形,上面一个尖,底下有个眼,玉米面又是黄色的,所以老百姓给它起了一个好听的名字——黄金塔。

我是祖国的同龄人,可从我开始记事起,吃的饭主要就是窝头,甚至几乎一天三顿饭都是窝头。

我的老家是北京宣武区牛街,我的童年就是在那里度过的,许多的旧事趣事也都发生在那里。那时我家住在一个有七八户人家居住的大杂院里,到了夏天,这个大杂院就显得格外热闹,那时的住房真是又矮又小,北京的天又那么热,所以都把小饭桌搬到院里,坐在小板凳上,大人的说话声,孩子的嬉闹声,组成了一幅祥和的画面,您说,能不热闹吗?

我的母亲是一位典型的家庭妇女,没有工作,就在家里做家务,伺候一家老小的饮食起居。不是吹,我老妈蒸窝头的手艺堪称一绝,在全院之中是最棒的,比棒子面还棒(玩笑,棒子面其实就是玉米面,老北京人管它叫杂和面),当窝头揭锅之后,老妈一边吹着热气,一边把窝头捡在盖帘上,还不时地用手拍拍窝头,发出"砰砰"的响声,满脸的笑容像开了一朵菊花,自夸道:"瞧瞧,多暄腾!"

老妈不但窝头蒸得好,她还能把棒子面做出多种花样,比如说"金裹银"花卷(又一个好听的名字。其实就是用少量的白面裹着棒子面做成的花卷),摇籴籴(棒子面掺上少量的白面和好后,做成一粒一粒的约一厘米大小的小方块,放在面盆里撒上干面,像摇元宵那样摇成一个个小球,放在锅里煮熟,捞出来后再浇上炸酱或卤汤即可),大馅团子(所谓大馅,无非是白菜萝卜之类)等。

不扯远了，还说窝头吧。老妈的窝头也有变化，除了一般的窝头外，有时蒸点咸窝头，就是在蒸窝头时，棒子面里面放些咸盐、葱花、浮油渣（浮油说的是我们回民把羊油切碎后，放在锅里把油熬出来，剩下的就是油渣），咸窝头吃起来真香啊！说起甜窝头别有一番风味，把棒子面发好后，里面放上红糖，如果再加上几个大红枣，那窝头真是香甜无比，这样的窝头算是奢侈品，一年到头也吃不上几次。

说到这儿，又想起一个有关窝头的小故事。传说有一天慈禧太后到颐和园去游玩，中午时分，肚子有点饿，吃惯了山珍海味的她突然问大总管李连英："你知道老百姓每天都吃什么吗？"李连英忙道："回老佛爷的话，奴才知道，吃窝头。"慈禧就说："那好，既然老百姓都吃窝头，今天咱们也吃窝头。"这话吓得李连英一个激灵，让老佛爷吃粗粗拉拉的玉米面窝头，那哪儿行呀，赶紧想辙，忙派人通知御膳房准备窝头，这可愁坏了御膳房的厨师们，这窝头怎么做啊？还是一名厨师聪明，把栗子磨成面，里面又加上红糖、果仁、青红丝，蒸成小窝头。当慈禧吃着小窝头时赞不绝口："还是老百姓会享福，敢情这窝头这么好吃啊！"

又扯远了，还是说现在的窝头吧。

记得20世纪60年代初，我国连续遭受三年困难时期，苏联反目逼咱们还债，全国人民上至毛主席及中央领导人，下至普通老百姓同心同德，勒紧裤腰带共渡难关。粮食严格定量供应，每人每月定期发放粮票，在这有限的定量粮中，粗粮占了很大的比例，白面、大米占的比例比较小。在我的记忆中，每天吃的主食主要是窝头和白薯，仅有的一点副食品及生活用品，不是凭本就是要票，生活比较艰难。

老妈的窝头也发生了变化，不是纯棒子面的"黄金塔"了，成了黄绿色（里面掺了大量的菜帮和菜叶）和黄棕色（里面加了白薯面），就这样的窝头也不能吃饱，像我和三哥，每次只能吃一个，因为那时我上小学四年级，三哥上六年级。不饱怎么办，只能喝两碗棒子面稀粥，当时肚子是吃圆了，两泡尿一撒，就又饿了。有一次我们几个同院的小伙伴一起玩时，三哥问二宝："你饿不饿？"二宝说："饿又怎么着，没辙。"又问："以后你长大了当了官有了钱，你想吃什么？"二宝挠了挠脑袋，想了想说："那我就天天吃纯棒子面的炸窝头。"逗得我们几个都笑了起来。

牛街琐忆

记得1961年的深秋,天气一天凉似一天,那时我刚上小学四年级,一天下午,我放学回家后就忙着写作业,等作业写完了,肚子饿得咕咕叫,可还不见老妈做饭,于是我就说:"妈,怎么还不做饭?"坐在炕上的老妈两眼直勾勾地发愣,听见我问后她问我:"小四,你看见咱们家的10斤粮票了吗?"我说:"您把粮票看守得那么紧,我哪儿知道啊。"老妈嘴里说着,手不停地翻这儿翻那儿地寻找,可哪儿找去啊,这时天已经擦黑了,全家六口人先后回到家,知道这件事后,都默默无言,每人喝了两碗稀汤寡水的棒子面粥,早早就睡了,我肚子饿,躺在炕上怎么也睡不着,仰望着房顶棚数椽子,这时激灵一下突然想起一件事,就对老妈说:"您今天白天穿的不是这件黑上衣,好像是那件蓝色的,您那件蓝上衣呢?"老妈这时一拍大腿说:"哎呦,坏了,我把上衣投了两把,明天开会还得穿呢。"说着连忙跳下炕,从铁丝上摘下那件半干的蓝上衣,从兜里掏出一小卷湿漉漉的东西,我一看是一块钱纸币,老妈把这一块钱慢慢地展开,脸上露出了笑容,一个劲儿地说:"还好,还好。没坏,没坏,小三、小四快起来,帮忙。"三哥和我一骨碌从被窝里爬起来,还是三哥有经验,他把自己的课本拿出来,把那两张湿漉漉的粮票夹在书里,反复贴几次,嘴里又是吹又是哈,一会儿粮票就干了,可是觉得这时的粮票有点板,有点硬,老妈高兴了,对全家说:"你们等着,我回来给你们蒸窝头。"说完就出去了。

老妈什么时候回来的我不知道,蒙眬中听到锅盆响,最终还是睡着了,半夜被尿憋醒,下炕尿完尿后,就看见了地上的铁锅和笼屉,我掀开笼屉,里面竟是窝头,还有点温乎,我拿出一个,蹲在地上狼吞虎咽地吃起来,吃完后抹了抹嘴,又悄悄地钻进被窝,可能是肚子里有食的原因,一会儿我就进入了梦乡。

第二天早上,老妈把我叫醒说:"该上学了,我在你书包里放了半个窝头,饿了想着吃。"这时老爸神秘地对我说:"昨天夜里咱家闹耗子,丢了一个大窝头。"说完还冲我笑了笑,我心说,那个大耗子就是我。

这事您听着有点意思吧,真是苦涩中掺着甜蜜。说到这,提醒各位一句,老妈说明天开会,她一个家庭妇女开什么会呀?告诉您吧,老妈是街道积极分子,棒着呢!

对于窝头,吃了很多年,都吃烦了,那时的人都常常想,什么时候大白

牛街琐忆

馒头管饱吃啊!

　　光阴似箭,日夜如梭,转眼到了1978年,党的三中全会像一声惊雷,震撼着大地。党中央拨乱反正,制定了改革开放的总方针。从那一刻起,人民的生活一年好似一年,国家富强了,老百姓的腰包也慢慢变鼓了,好日子真是一天一个样,老百姓心里那叫一个乐,那叫一个美。衷心地感谢党中央,感谢党的好政策,让我们来到这太平和谐的辉煌盛世。

　　别的不说,单说这吃,老百姓的餐桌上的变化就多大啊,鸡鸭鱼肉,四季的瓜果蔬菜应有尽有,时不时地下趟馆子也变成很正常的事。还有那洋快餐"肯德基""麦当劳"等供您品尝。人们再不为吃发愁了,可是到了后来,就变得不敢吃了,为什么?怕得"三高"啊。

　　回忆小时候老妈蒸的窝头,按现在的说法,那是绿色食品,纯天然,所以我现在时常去买一些窝头吃,有时买点棒子面自己蒸着吃。可总觉得没有过去小时候老妈蒸的窝头那么香,那么甜。

　　您说,我是不是有点贱骨头啊!

"小人书"情缘

"小人书"又叫作连环画,也有的地方管它叫小画书,现在已经不多见了,如果谁家有也成了"文物"了。

小人书顾名思义,它不大,一般的从面儿上说:宽约10厘米,长约15厘米,薄厚不等,薄一点有七八十页,厚一点有一百多页。书面有彩色的画儿,翻开里面,它以画为主,下边有字,一本小人书就是一个完整的故事。

我与小人书结缘是20世纪50年代末60年代初开始的,那时我正在上小学,这段时间也是我最幸福的儿童时代。那时候的生活比较困难,尤其是60年代初的三年自然灾害更是如此。可是苦中有乐,那时的我们充满了天真,充满了坦诚,充满了欢乐。除了每天的上学以外,就只是一个玩儿,小伙伴们一起疯闹。我们玩儿的游戏多种多样,而小人书就是我们的最爱。

我的祖居是在北京宣武区的牛街,小学是在广内大街一小度过的。我们那时通常上午上课,下午在家写作业,老师给我们分了学习小组,一般情况下三四个人为一组,我们学习小组是四个人,每天一起上学,下午一起到组长家做作业。每当写完作业后,就一起玩儿,做游戏、疯闹。最可贵的是他有一个小木箱,里面全是小人书,让我们随便看。我在他家看到的就有《三国演义》60本、《水浒传》20本、《西游记》22本等很多书。

在我的印象中,那时的小人书特别多,新华书店里专门有一个柜台卖小人书,价格也相当便宜,最低有几分钱一本的,厚一点的一毛多一点,最厚的也就是两毛多一点,就是这个价格,对我来说也是可望而不可即的。那时的小人书书摊也很多,摆摊的老板把破旧的小人书整齐地摆好,任你挑选观看,看一本一分钱。通常这样的书摊都围满了像我这么大的孩子。那时的我一旦有了一二分钱,就会去书摊上"享受"一回。

我爱看小人书,不但被书中的故事所吸引,而且那精彩的画面更是深深地吸引着我,使我有一种把它画下来的感觉,我多么希望能有自己的小

人书啊！由此我对绘画萌生了兴趣，并开始掌握了一些绘画技术，在以后的日子里，我成了一名小学美术教师，一干就是几十年，这是后话，暂且不提。

记得那是1959年的春节，我兜里揣着老妈给的一块钱，和三哥一起去厂甸庙会玩。当时如果坐公共汽车从牛街到虎坊桥也就四分钱，就为省这四分钱，我们不坐车，就走着去。到了厂甸，那眼睛都不够使了，厂甸真热闹，人山人海，熙熙攘攘的，所出售的商品五花八门，卖什么的都有，随着人流走到小吃街，那烙肉饼、炸年糕、炒疙瘩的香味充满整条街，闻着都流口水。可以说，整个厂甸充满了红红火火祥和热闹的新年气息，也就是现在说的"年味儿"。

那次厂甸之行玩得真开心，我这一块钱派上了大用场：三毛钱买了一大串糖葫芦，这糖葫芦是有一米多长，得用两手举着；两毛钱买了一个京剧脸谱，俗称大花脸，戴在头上别提多美了；两毛钱吃了一张肉饼，牛肉大葱，里外冒油，别提多香了；又买了一毛钱的玻璃球儿，5个（那时我们玩的一种游戏就是弹球儿）；最后我买了一本最喜欢的小人书《岳云》，花了一毛五，还剩下五分钱。从厂甸回到家里，虽然很累，但心里非常高兴。

打那儿以后，我越发想要买属于自己的小人书，于是我就千方百计地想办法攒钱。比如，有时老妈给我五分钱让我自己买早点吃，当时火烧三分一个，炸焦圈二分一个。就这五分钱舍不得花，勒紧裤腰带，不吃早点，存起来。攒个毛儿八分的，就去买小人书。有一次，老妈让我去小铺儿打酱油，那时酱油都是散装的，好酱油二毛六一斤，中等的一毛五，次等的一毛，通常我们家吃的都是一毛五一斤。而我那次却买了一毛一斤的，剩下的五分钱就归我了。当老妈炒菜的时候，就发现了不对劲："这酱油色儿怎么这么轻？不是一毛五一斤的。"说着抓起了炕笤帚，对我说："这怎么回事儿？"我说："这就是一毛五的，我也不知道。"老妈听完照我的后背就是两下子，说："不说实话是不是？"我怕挨打，急中生智，忙说："您给我的一毛五，那五分的钢镚让我给丢了，只好买一毛一斤的了。"老爸这时说道："得了，得了，将就着吃吧，下次注意。"就这样，这关总算过了。以后我还耍些小聪明，比如：买一棵大白菜，明明一毛二，愣说一毛五，省下三分归自己；买劈柴时让我买五斤，我却只买四斤，又省下三分钱……

就这样，到小学毕业，我买的小人书中，成套的有《岳飞传》15本，《西

汉演义》20本。另外还有一些杂七杂八的书，总共有四五十本，这期间，我的绘画水平也在不知不觉中得到了提高。照着小人书里面的人物画，先是画单人的，后再画双人的、多人的，而且越画越好，因此为我的美术事业打下了坚实的基础。由于我的画儿画得好，胡同里的小孩都爱和我一起玩，我知道他们想要我的画儿，那我就送给他们，他们可高兴了！我还和几个爱画画的小孩一起一块画，互相比一比，别提多有意思了。在学校，班里的黑板报由我来办，办得有声有色，常常被评为学校里的第一名。1962年，雷锋叔叔因公牺牲，全国人民在伟大领袖毛主席提出的"向雷锋同志学习"的号召下，掀起了学习雷锋的大高潮。我画的雷锋像贴在墙报上。这下好了，其他各班的班主任都让我给他们班画，我就画呀，画呀，画了好几张，直到够了为止。那时也不觉得累，心里总是高兴的。

"文革"期间，作为北京知青，我到了宁夏生产建设兵团。这期间，由于我会画画儿，调到了团部宣传股，画主席像。有一次到银川出差，在新华书店发现了小人书，是革命样板戏《智取威虎山》，喜爱小人书的我立马掏钱买了一本，才二毛六。回来以后，仔细阅读，慢慢欣赏，那小人书画得真棒，特像样板戏电影中的人物，童祥苓（杨子荣的扮演者）很像童祥苓，沈金波（少剑波的扮演者）像沈金波。其他的人物也都画得栩栩如生，以后我又买了其他样板戏的小人书，如《红灯记》《沙家浜》《海港》《奇袭白虎团》等八本。这之后，没事的时候就临摹小人书上的人物，就这样，我的画儿越画越好，功力也不断地提高。同时，也给我枯燥的知青生活增添了不少的乐趣。

几度风雨，几经周折，1991年我调回北京，在昌平区（那时还是昌平县）继续任教，直到去年光荣退休。此间，我与小人书的情缘仍然不断。我的小外孙壮壮已经六岁了，每次从市里到我这儿来玩，我都拿出小人书给他看，他也非常喜欢看，而且还喜欢画里面的画儿。为此我感到非常欣慰，但愿他能沿着这条路走下去，也许还真能成才呢。

牛街琐忆

留在胡同里的乡音

我是个老北京人,从小生长在宣武区牛街一条普通的小胡同里。那里是我的故乡,我的根。那里有着我许多童年的往事儿,现在想起来还是那么的温馨,那么地有趣,那么地令人难以忘怀。

北京是一座文明古城,是元、明、清三朝建都的地方,有着深厚的文化底蕴,形成了自己的风格和生活方式,那真是京腔京味色香浓啊!

自古以来,就有"富东城,穷宣武"之说。宣武区大都住着北京的穷老百姓,在那纵横交错的胡同里,很少见到规规矩矩的四合院儿,大部分是些简陋低矮的民房,被称为大杂院。我赞叹那时的建筑工人,用碎砖头盖的房,居然百年不塌,真是奇迹。

一般的大杂院里都住着许多户人家,像我们家住的大杂院里就住着七八户人家,别看一个院里住着那么多户人家,邻里之间相处得非常融洽,有个大事小情的都相互照应。一家有事儿全院都帮忙儿。有个什么稀罕物或好吃的都互相赠送,逢年过节更是如此。一个院里的人处得像一个和谐的大家庭,非常好。

我是一个"50后",对于小时候的事情还能记得清楚,单是那小时候听到的乡音,至今让人回味无穷。

那时无论是在胡同里还是院子里,如果谁家话匣子(收音机)一开,半条胡同都能听得见,国粹京剧在悠扬独特的伴奏中,能让人欣赏着西皮、二黄,侯宝林、郭启儒的相声会把您逗得前仰后合,还有那京东大鼓和单弦儿,让您听得有滋有味,袁阔成的评书让您听得心旷神怡,对了,我还爱听孙敬修爷爷讲的故事,那才叫有意思呢。

说到叫卖声,那也是一绝,是咱北京独特的乡音,在胡同里一年四季,都能听到那京味十足的叫卖声。那都是咱老北京一些走街串巷的买卖人,或挑挑儿,或担担儿,或推小车(有独轮的,有双轮的),都是些小本生意。

牛街琐忆

春天您会看到一个推排子车的男人,车上放着五颜六色的鲜花,每种花都带着盆儿,那吆喝声好听:"买花儿嘚买花儿,买牡丹花嘚嘚……"夏天卖小金鱼儿的更是得到孩子们的喜爱,那吆喝声有特点:"买……大稀吆,买小金鱼儿来哎……蛤蟆骨朵儿大田螺子哟……"夏天卖冰棍儿的也挺有意思,他推着一辆有四个小轱辘儿的车,上面放一个漆了白油漆的木箱子,边走边吆喝:"冰棍败火……败火的冰棍儿……"那时的冰棍有3分的和5分的两种,3分一根的质量差一些,而5分一根的就相当好吃了,有人过来买冰棍儿,他掀开箱子盖,再打开厚厚的棉被,才拿出冰棒递给你,那冰棍拿出后,散发着凉气,看着就凉快。我吃过的有奶油的、小豆的和红果的三种。秋天卖菜的较多(其实北京一年四季都有卖菜的),就像侯宝林说的相声里的那样,能一口气吆喝十几种菜,像唱歌一样,有韵有味,才叫好听呢!冬天卖糖葫芦儿的人,肩上扛着一个草把子,上面插着许多糖葫芦,吆喝出来比较简单:"冰糖葫芦儿……葫芦冰糖的……"5分钱一串,那真是甜里面带着酸,好吃。

在咱北京,买卖人不单吆喝,还有响动,就像现代京剧《红灯记》中的磨刀人那样,吆喝出来是那样:"磨剪子嘚/戗菜刀……"然后晃动手中的铁串板儿,"哗啦,哗啦"地发出有节奏的响声。还有的吹喇叭,就两个音:"嗒……嘀……"这时就有大妈、大婶们出来,手里拿着菜刀和剪子,问:"多钱一把?"答:"连戗带磨一毛五。""好,成交。""一会儿您出来拿吧。"再有就是剃头(理发)的,他们不吆喝,肩上挑个挑儿,不是有那么一句话吗:"剃头挑子一头热",就说的是他们。他们手中拿着的响器叫"打响儿",铁的,右手拿一根小铁棍儿,往左手里的空铁挡中间一穿一挑,就发出一串相碰的颤音:"铛儿……"听到这个声音,您就知道是剃头的,如今,这些个叫卖声是听不到了,偶尔在影视里还能听到,但也不是那个味儿了。

说到咱北京胡同里的乡音,还有大自然给予的声音,最有特色的就是"鸽哨"。那时北京养鸽子的人很多,在我们那条胡同里就有两家。每当一群群的鸽子在胡同上空飞起,那悠扬的鸽哨声就响彻在蓝天白云里,形成了一道亮丽的风景线。

夏天,唧鸟儿(蝉)在树上一个劲地叫:"知了……知了……"越热它叫得越欢。那时我和几个小伙伴儿光着小脊梁,拿着长竹竿儿,竿头上抹一块胶,去粘唧鸟儿,然后拿来玩儿,看谁的唧鸟儿叫得欢。白天,还有那卖

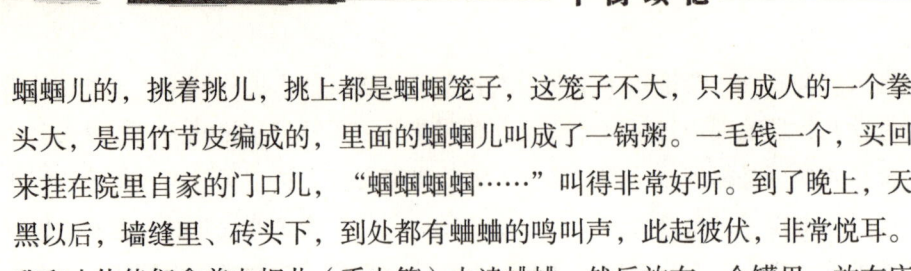

蝈蝈儿的,挑着挑儿,挑上都是蝈蝈笼子,这笼子不大,只有成人的一个拳头大,是用竹节皮编成的,里面的蝈蝈儿叫成了一锅粥。一毛钱一个,买回来挂在院里自家的门口儿,"蝈蝈蝈蝈……"叫得非常好听。到了晚上,天黑以后,墙缝里、砖头下,到处都有蛐蛐的鸣叫声,此起彼伏,非常悦耳。我和小伙伴们拿着电把儿(手电筒)去逮蛐蛐,然后放在一个罐里,放在床下,专门听叫,那才有意思呢!

啊,一口气说了这么多,这些都是留在胡同里的乡音啊,这乡音充满了故乡的情趣。匆匆几十年过去了,如今牛街也非当初,高楼大厦代替了那些小胡同,而那些个乡音也留在了记忆里,令人回味悠长……

城南旧事

这几件事都发生在20世纪60年代初,那时我家住在宣武区牛街。我上小学四年级。在北京所属四九城中,宣武区属于南城,那我这几件事也算是"城南旧事"了。

我先说第一件事:换粮票。

那是我国遭受三年困难最严重的一年。粮食按人定量,每月成人和儿童定量不等,加上副食不充足,常常全家的粮食吃不到月底就没有了,怎么办?于是就有了换粮票之说。

那时的粮票是一月一发,即每月的24号发下月的新粮票。这时,母亲就让我拿上10斤新粮票到大街的饭馆(国营的),去与顾客(来用餐的人)换本月的粮票。换的次数多了,也掌握了一些规律:第一是时间,也就是饭馆上座率最高的时候,一般是中午的12点左右,傍晚的6点左右,这段时间最容易换。第二是观察,来的人如果穿得干净整洁,文质彬彬的就更好,通常都能换到。第三得嘴甜,勤问。有一天下午我放了学,母亲让我去换粮票,我拿了10斤新粮票到大街饭馆,当时换粮票的有三四个人(看来,接不上顿的不止我们一家),由于我嘴勤,一会儿就换了8斤,剩下的2斤还得问。这时,从外面走进来一个人,看此人身穿一身笔挺的毛料驼色中山装,分头梳得一丝不乱,好气派。我急忙上前问道:"同志,您有多余的粮票吗?咱们换换。"他冲我一乐:"小兄弟,实在对不起,我也是换旧粮票的。"

您听,多逗。

第二件事:高级糖。

那时,流传着这样一句话:高级点心高级糖,高级老头上茅房。

当时,各种生活物品不是凭票就是写本(副食本)供应。点心和糖都在此列。您说,小时候谁不爱吃糖啊!可是,想吃块儿糖太难了。忽然的一天,北京的各大商场的副食柜台,还有副食店都有了糖,各种牛奶糖、水果糖、

酥糖等。不要票,不写本,随便买。可是价钱太贵了,五块钱一斤,这就是高级糖(平价糖一块三一斤),现在的五块钱不算什么,可当时的五块钱,对普通人家来说,那就是大数目。所以,对我来说糖是可望而不可得的。

记得有一天,我和同院的两个小伙伴一起到陶然亭公园去玩,我们是走着去的,因为我们没钱坐车(差不多上哪儿去玩,我们都是走着去,最远的一次是从牛街走到动物园),走到虎坊桥,一拐弯有一个公共厕所,我对他们说:"你们等我一会儿,我拉泡屎。"我踅摸了半天,发现墙根有一个揉皱的空烟盒,就捡了起来当手纸,走进了厕所。当方便完,撕开那个空烟盒,意外地发现里面竟有一块钱(纸币、红色的),我心里别提多高兴了。

事情的发展很自然,我们用这一块钱,买了2两杂拌糖,有十来块儿,我们三人平均分了。嘴里吃着糖,心里美滋滋的,这捡来的一块钱,着实地让我解了一次馋。

再说,大白菜。

提起过去买冬季储存的大白菜,和我年龄相仿的人都不会陌生,那时冬季吃的菜,以大白菜为主。再有就是些土豆、萝卜之类。不像现在一年四季想吃什么菜就有什么菜,而且都是新鲜的。

说起买这大白菜也有点意思。那时到了初冬季节,菜站(国营的蔬菜商店)就开始供应大白菜了,这大白菜分一、二、三级,一级菜5分一斤,二级菜3分5一斤,三级菜1分8一斤。通常菜站供应的二、三级菜较多,供应的方法是写本(副食本),每人50斤。不过,买菜时得排队。头天,菜站贴出通知,明天有大白菜。第二天早晨,我被母亲叫醒,睁眼一看,天还没亮,母亲说:"你先去菜站排队,待会儿我让你哥去换你,还给你送烤白薯。多穿点。"于是,我穿上老爸的旧棉大衣,拿了一个小板凳,就去了菜站。

到那一看,已经有了七八个人,有大人也有孩子,他们都跟我一样,穿着大衣和棉袄之类坐在小板凳上排成一行,我这时发现队伍中间放着几块砖头,就问我前面的一个老头,这砖头是怎么回事?老头说,这是别人的,先占着地,一块砖头就代表一个人。就这样,我坐在小板凳上,裹紧了身上的破大衣,在冷风中熬着,好半天,天才渐渐地亮了。

这时,一个30多岁的男人,招呼大家:"都起来,排好队,现在由我发号。等会儿菜来了,大家按号买菜。"于是,我领到了12号,这时,我三哥从

远处走来，递给我一个报纸包，我接过来，热乎乎的，打开一看，是一块烤白薯，我真是饿了，狼吞虎咽地吃了起来，真香啊！

就这样，我被冻了两个多小时，似乎就为了得到一块烤白薯，不过，我们家也如愿以偿地买了300斤大白菜。

我最后说的一件事：高价油。

这是发生在70年代初，那时候，买粮食要粮票，买油要油票，居民每月的油是每人半斤，当时市场（副食商店）供应的油有花生油和菜籽油，花生油每斤8毛5（不好买），菜籽油4毛多一斤。这点油当然就不够吃了，于是就有了高价油之说。

高价油就是票外供应的油，每户每月供应1斤。用副食本到副食商店去买。所谓高价油也就是比要票油稍贵一些，花生油在1块5左右（具体价格记不清了）。

记得那一年的冬天，快过年了，北京的冬天真叫冷，接连两天的大雪，把北京打扮成一个银白的世界，走在路上那雪能没脚面。后来雪停了，中午马路上的雪稍化一点，到了晚上一冻，第二天马路上净是凌轨。什么是凌轨？就是雪被车辆轧出的印迹，结成一棱一棱的冰凌，像轨道一样。那时北京骑自行车上班的人很多，你看吧，马路上净是摔跟头的。我拿着两个副食本（跟街坊借了一个），骑一辆破二八车，车把上挂一个网兜，里面有两个油瓶子，就出发了，去买高价油。

当时，牛街副食店没有高价油，我就可着四九城转悠，看见副食店就下来问，还真不错，骑到西四副食店，一问，还真有，于是我如愿以偿地买了2斤高价油。

买到油以后，心里高兴，美！骑车还得小心，也许是乐极生悲，回来的时候，骑到校场口，眼看就到菜市口了，就听前面"吧唧"一声，一个骑车人摔倒了，我一紧张，一捏闸，跟他一样，也趴下了，自行车滑出去1米多远，等我爬起来一看，还好，2瓶油只碎了1瓶，真是不幸中的万幸。后来我听别人说，在有凌轨的路上骑车，千万不能捏闸，越捏闸越挨摔。

您说，有意思吧。

㸆炖鱼

㸆炖鱼这道菜在酒楼饭店的菜谱上您很少会看到,为什么呢?因为它太简单,而且不入流。中国的四大菜系中也没有它的身影。而在我的心里,它是那么地鲜香,那么地醇厚。它有着百姓的情怀,有着妈妈的味道。一个字,棒!

记得那是1963年十一前夕的事,我是一个老北京人。全家居住在北京宣武区牛街一条普通的胡同里。甭问,回民。我们住的是大杂院,有七八户人家。邻里之间和睦相处,有个大事小情的互相关心,互相帮助,别提多好了。那时我正在上小学五年级。那天下午放学后,我在家里写当天老师留的作业,老妈在忙着为全家做晚饭,我抽空问了一声:"妈,今儿晚上吃什么呀?"老妈满脸笑意地对我说:"今儿晚上咱们做点好吃的,大米饭,㸆炖鱼。"我一听哈喇子差点流下来,问道:"哪儿买的鱼?"老妈说:"哪儿买去呀,是你大哥单位分的,两条大鲤鱼,鲜着哪!等会儿我做好了你就知道了。"

1963年,是我国20世纪60年代最困难的时期,也是三年困难时期刚过的一年。食品供应有了一些好转,虽然还是凭票证供应,但有些东西已经能买到了,比如国庆节每家凭粮本(票)能买上5斤好米(小站稻),5斤好面(富强粉)等。在我们家兄弟姐妹中,我大哥为大,我是我妈的老疙瘩,最小。大哥是转业军人,在一家国家大型企业当干部,节前厂里分了两条大鲤鱼,每条都有二斤多重,够我们全家好好地吃上一顿了。您想,那时候的人都馋呀,在这困难时期能吃上一顿大米饭,㸆炖鱼,是多美的一件事啊!

我做完了作业,目睹了老妈做鱼的全过程:首先是把鱼去鳞,开膛,收拾干净,然后把鱼又切成块备用。在炉子上坐上铁锅,锅热后再往里面倒油(油少得可怜,恐怕还没眼泪多。也难怪,那时每人每月只有半斤油,不省着吃,到月底只能是白水熬菜了)。油热后,倒入事先准备好的葱、姜、蒜

略煸一下，煸出香味，跟着倒酱油，"刺啦"一声，一焌锅，再倒上清水，把鱼块码放在锅里。老妈边做边对我说："记着，水一定要漫过鱼。"盖上锅盖，一会儿锅里的水开了，随之香味也由锅里飘出。老妈这时又把锅盖打开，又往锅里放入盐、醋、一小勺白糖，又点了几滴白酒（放料酒或黄酒都行，可当时我们家没有），撒上点胡椒面儿，又放了几个大料瓣儿，几粒花椒。她拿勺儿舀了点汤，尝了尝："嗯，成了。"然后盖上锅盖儿，又把火口盖上了一半火盖儿。我问："您干吗把火盖一半儿？"老妈说："你记住了，千滚的豆腐万滚的鱼，这侉炖鱼就得小火慢慢炖才入味。先玩去吧，待会儿回家吃饭。"

天已经近黄昏，这时，家里的人放学的、下班的都先后回来了，小院里也热闹起来。我和胡同里的小伙伴疯玩了一阵儿，回到家，老妈把一碗盛好的鱼递到我手里，对我说："你去给东屋的鲁姥姥送去，回来咱就开饭。"鲁姥姥那年有60多岁了，是我们一个院的邻居，平时儿女不在身边，就一个人。我敲开鲁姥姥的门说："姥姥，我妈让我给您送的鱼。"鲁姥姥接过鱼，送到鼻子底下一闻，说："啊，真香呀，这可是稀罕物，难得你妈老惦记着我，谢谢了！"

从鲁姥姥那回来，家人都准备吃饭，屋里弥漫着侉炖鱼的香味儿。这顿饭是我儿时记忆中最香的一顿饭。我狼吞虎咽地吃着饭，老妈说："别急，慢点吃，留神鱼刺，别扎着。"我吃了两块鱼，然后把鱼汤倒入饭碗一拌，吃了起来。啊，真是满口生香，真是绝了！

匆匆几十年过去了，现如今，生活变得越来越好，鸡鸭鱼肉，粮油蛋菜应有尽有，人们再也不为吃的发愁了。可是，旧的问题解决了，新的问题又来了，很多人都因为吃，得了叫"三高"的病。所以，现在都大力提倡绿色生活，为了身体健康，做到"三少"（少油、少盐、少糖）。还要少吃肉，多吃水果蔬菜，这样才好。

我还是爱吃鱼，现在生活好了，隔三岔五地下趟馆子也不是难事。亲朋往来、同学聚会是常事儿。而每次我都会点一道菜，那就是鱼。我吃过"松鼠桂鱼""清蒸鲈鱼""红烧鲤鱼""茄汁带鱼"等。可我总觉得不对口味，不是油大（特腻人）就是没味儿（清蒸）。

细想起来，还是侉炖鱼好。什么时候想吃鱼了，我就到农贸市场去买，

都是活鱼，还免费宰杀，真方便。按照儿时老妈教我的方法去做侉炖鱼，老伴和孩子们都爱吃，别提多美了。过去油少，舍不得炸。现在油有的是，但怕得病不敢炸，侉炖鱼好啊，一点儿油就行，又实惠，又好吃，又环保，又健康。最重要的还是那个味儿，就是那家乡的味儿，妈妈的味儿……

说几件咱北京人日常生活中的老物件

咱老百姓居家过日子，日常生活中缺少不了手使的物件，锅碗瓢盆自不必说，还有案板、擀面杖、菜刀、铲子、勺子、筷子等。

我的童年是在北京宣武区牛街地区一条普通胡同的大杂院里度过的，耳濡目染，经历了许多事情，随着年轮的转动，随着科技的发展，现如今咱北京的胡同变得越来越少了，大杂院也就少了，人们搬进了新居，住上了现代化的楼房（牛街地区也是如此）。因此，随着生活条件的改善，很多老物件也都不用了。在这里我说几件咱们北京20世纪五六十年代的老物件，许多年轻人还不一定知道呢！

氽儿：又称氽子，水氽儿。一种快速把水烧开的工具。过去咱北京城的老百姓做饭、烧水普遍用的都是煤球炉子。北京人有喝早茶的习惯（回族更是如此，而牛街是北京著名的回族聚居区）。早晨起来，先把炉子生着，跟着就用水氽烧水，然后沏茶吃早点。这水氽是用铁皮焊成的一个小铁桶儿，有15—20厘米高，有底。桶的直径有七八厘米，口旁有一个铁把儿。烧水时，把铁桶儿倒满水，直接放进炉口里，一会儿的工夫，就把水烧开了。您想，一大家子人，该上班的上班，该上学的上学，要等烧一大铁壶开水，哪儿就烧开了。所以，这水氽儿真是快捷省事，像我们家的水氽儿就用了很多年。

支炉儿：烙饼用的器具。是用沙土和胶泥烧制而成的。灰黑色，粗糙，像一个倒过来的盆儿，直径有25厘米左右，高约10厘米，面上有许多小孔，像用筷子扎的眼儿。用时扣在火炉上，热了以后，就可以烙饼了。缺点是易碎，放在屋里也占地儿。在我们家，支炉儿用来烙饼的时候少，用来烤窝头片的时候多，那时候白面少，粗粮多，净吃窝头了。

砂锅：熬粥用的工具。和支炉儿的形状大体一样，也是用沙土制成，表面粗糙。没有像现在砂锅那么又光又亮又白净，和支炉儿的唯一的区别是面上没有小孔。儿时，同院的二子老跟我吹，说："我家的砂锅比你家的支炉儿好，你家的支炉儿只能烙饼，不能熬粥，我家的砂锅不但能熬粥，还能烙

饼，烤窝头片。"究竟砂锅能不能烙饼，我还真不知道。

烘笼儿：一种用来烘干衣物的用具。一般的烘笼是用竹片、柳条或荆条等编成的，也有的是用粗铁丝做的。过去生活困难，衣服有限，需要现洗现穿。这时，烘笼儿就派上了用场，把烘笼罩儿在炉子或火盆上，把洗干净的衣物搭在上面，一会儿衣服就烘干了。记得我上小学的时候，北京的冬天真冷呀！早上该上学了，就是不愿意起床，缩在被窝里不想出来，这时，老妈就在火炉上放上烘笼儿，把我的棉袄放在上面烘热，嘴里还一个劲地说："快起，快起，热乎着呢。"我赶忙爬起来，穿上烤热的棉袄，谁知道棉袄只热了个表皮，一会儿就凉了。那时候真穷呀，我里面什么都没有，就是空心袍棉袄，您想能不冷吗？！

说了几件老物件，现在已不多见，如果谁家有，也成了"文物"了，时代在前进，历史在发展。现如今，电水壶、饮水机代替了水氽儿。电饼铛代替了支炉儿。现在的砂锅又光又亮又白净，电磁炉又快又方便，老式砂锅就被淘汰出局。而烘笼儿就更是没用了，现在各式各样的衣服应有尽有，穿都穿不过来，谁还等着现洗现干呢？

说几件咱北京日常生活的老物件，是否能勾起您一点怀旧之情，或者给您带来一丝欢乐，任君评说。

难忘儿时夏夜晚

人真是越老越怀旧。夜深人静的时候,往事像电影一样一幕一幕地在脑海里闪过,这里面有欢乐也有忧愁,有喜悦也有烦恼,有幸福也有悲伤……

在这里,我就跟您聊点高兴的事儿,也许能勾起您回忆的闸门,也许跟我还有同感呢!说点儿什么呢?还是跟您聊聊儿时那难忘的夏夜晚吧。

我是老北京人,用时髦儿的话说:"50后。"我住在牛街地区一条普通的胡同里,在一个大杂院里长大,在那里发生过许多有趣儿的事儿,在我写的许多散文里,都对这里有过描述。得,不扯远了,还是跟您说说我小时候的夏夜晚吧!

常言说:冷在三九、热在三伏。这话一点都不假。北京的夏天那叫一个热,尤其是三伏天儿,热得人没着儿没落儿的。那时候可不像现在,空调一开,屋里倍儿凉快。各种电扇应有尽有,花不了多少钱就能买一台,那时候没这些东西,顶多手里拿着一把扇子,找个阴凉地儿,您就可劲儿地扇吧,也许能凉快一些。可咱北京人有着自己的生活方式,尤其是到了晚上,胡同里就热闹起来。那时北京的住房都不宽敞,像我们家住的大杂院就住着七八户人家。吃完了晚饭,一般都不在屋里待着,都到院里或胡同里,坐在小板凳上,摇着蒲扇,喝着香茶(牛街的老人儿大都有这个毛病,多热的天都得喝口茶),张家长李家短地闲聊天儿。我今儿个就跟您聊聊我们胡同里那些有趣的场面。反正天挺热,不到夜里12点谁都甭想睡觉。

我们那条小胡同很普通,东西走向,宽不过三四米,长不过百米,我从哪儿说起呢?还是从东头往西头说吧。胡同的东头连着糖房胡同,稍微宽敞一些,在这儿有六七个五六十岁的老头,光着膀子(那时的北京男性,差不多都光膀子,很正常),坐在小板凳上,摇着蒲扇,旁边的地上有的放着小茶壶,有的放着大把缸子,甭问,都是沏的茶。正天南海北地侃大山,我有时候也听一耳朵,张大爷说:"今儿晚上听话匣子里袁阔成说三国,说到关

云长过了五关,斩了曹操六员大将,您说厉害不厉害?"李大伯说:"敢情,那关云长是五虎大将之首,能不厉害吗?"王伯伯说:"我听说关云长不是最厉害的,三国里最厉害的应该是:一吕二赵三典韦,四马五关六张飞。他排在第五位,前四位是吕布、赵云、典韦、马超。"张大爷说:"论武艺和本领您说还真对。"王伯伯又说:"可是听侯宝林的相声说,关公要和秦琼打起来,谁厉害?"张大爷说:"那不是相声吗,他们俩不在一个朝代能打起来吗?"

　　他们谁厉害跟我无关,我还说胡同中间的一堆人吧。这儿有一个电线杆子,杆子上有一个路灯,晚上7点开灯,到明早7点才灭。路灯下围着一帮人,都是二十左右的年轻人,以铁老师为首(铁老师是北京一所小学的体育老师,挺帅气的一个小伙子)正和他们一起打扑克,我有时也和他们凑一把,玩打"百分",就是从2打起,一直打到1,一轮下来,再重新来。有时也打"三先"(也叫争上游),打"百分"就四个人,打"三先"得六个人,三个人一拨儿,打满30分,输了的一方,对不起,起立。到旁边转大树,转三圈,别的人哈哈一乐算完,从新再来。那边又是一小堆人,脑袋扎在一块儿,干吗呢?下象棋呗,两个人下棋,围观的不少,还七嘴八舌地乱支着,本来下棋是一项文静的事儿,到这儿成"大栅栏"了,那叫一个热闹。

　　甭管他们,让他们热闹去吧,我们还往西头说,这有个大院子,里面住着我们牛街的一位草根名人,姓钱。钱师傅可不是一般人,玩摔跤的,有一身功夫。教着几个徒弟,据说有的徒弟还在运动会上拿过不错的名次,真不含糊,他家院中间铺着一层细细的黄沙土,场子里两个摔跤手上身穿着褡裢(摔跤的专用服装)正在较劲儿,你给我来一个"挑勾子",我给你来一个"德合乐",有时还来一个"大背跨",把对方摔倒在地,他们精彩的跤技,赢得了一阵阵掌声和叫好声。圈外坐着钱师傅和几个徒弟,钱师傅还经常加以指点。还有围观看热闹的人,其实都是一条胡同里住着,说起来我还得管他叫伯伯。有时场中空闲时,我和同岁的小孩儿也去玩上一回,钱伯伯非常和善,也叫我们玩儿,可我去那儿净挨摔了,所以轻易不敢下场子……

　　出了钱伯伯的院子再往西,也就到了胡同的西头,这也有一盏路灯,灯下几个十来岁的小姑娘正玩着她们喜欢的游戏——钻家家,她们玩得很开心,嘴里唱着那古老的歌谣:"一钻家呀两钻家,打花鼓呀打几下,放花的呀水

牛犄,小三小三进来吧。"从稍远一点儿看她们玩真是一种享受,她们玩得真开心,唱得真好听。

要说我们男孩玩什么?藏猫猫,一个人蒙着眼睛,面对墙,其他的人都藏起来,有一个发出一个令:"开始。"蒙眼的人就开始找,第一个被找到的,就该他蒙眼睛了,周而复始,非常有趣。玩这个我可是强项,总是藏得很好,不会轻易让对方找到。

说了这么多,您听还有点意思吧?其实我只是说了一部分,还有许多有趣的事,以后再给您说吧!

总之,忘不了那快乐的夏夜,那充满祥和气氛的夏夜,像我说的这些情景,那时在我们北京处处存在。

啊,多么美好的夏夜啊!

小 铺

小铺，作为咱老北京的一景，深深地印在我儿时的记忆里。我说的小铺是20世纪五六十年代的事情。

我生在北京宣武区牛街地区，那时的小铺大都以姓氏命名，如：马记小铺，李记小铺，等等。我今天说的是我们家门口的小铺：宛记小铺。

宛记小铺，主人自然姓宛，所以大家都称它为"宛记小铺"。宛记小铺坐落在糖房胡同中段，说它小，也确实小，就两间门脸儿，而且面积也不是很大，也就有二十多平方米吧。别看它小，可应了那句话："麻雀虽小，五脏俱全。"小铺经营的都是咱北京人日常生活中不可缺少的东西，像什么油盐酱醋、针头线脑、牙膏肥皂、香烟白酒、蜡烛火柴。还有糊窗户用的窗户纸，豆纸（一种粗糙黄色的卫生纸，也叫手纸），还有小学生用的铅笔、橡皮、尺子、本子等，还有糖果（水果糖1分钱一块，牛奶糖2分钱一块），以及糖豆、爆米花、江米球等孩子们爱吃的小食品。

进了门脸儿，就是一个木质的大柜台，柜台摆放着几个大口儿的玻璃瓶，里面就是我说的儿童小食品。柜台的后面是一排货架（也是木质的），上面摆放着香烟、白酒、咸菜等各样商品，货架的旁边还放着几个不太大的缸，缸里面是炒菜用的油（有花生油、菜籽油、豆油等）、酱油、醋、白酒、黄酱等，那时这些个东西都是散装的，您需要什么，主家的伙计（售货员）用提子（竹质的，也有铁质的，大小不等，有一两、二两、半斤的三种）和漏斗就给您打。我说的这些，现在的年轻人恐怕是没见过，就连影视里也很少出现。

小铺的主人是一个50多岁的小老太太，说她小，因为她只有不足1米5高，但面目和善，显得非常慈祥，像我们家附近的几条胡同的居民都到这里来买东西，都是老街旧坊的，时间长了彼此都认识，那时我才十来岁，由于经常去买个酱油，买个醋吾的[1]，她对我特别客气（她对谁都客气）："小

1　吾的：北京方言，等等的意思。

四儿,今儿个买点什么呀?"我说:"我妈让我买二两芝麻酱,天儿挺热,我妈做芝麻酱面。"她接过我递上的副食本(那时,大部分商品都得写本),戴上老花镜,拿起圆珠笔刚要写,这时从外面进来一个蹬三轮的,有个30多岁,穿着一件小背心,头戴着一顶破草帽,脖子上还搭着一条黑不溜秋的白毛巾,进门之后,从兜里掏出2分钱钢镚,往柜台上一扔:"掌柜的,来两根烟。"那时香烟能拆开卖,像"工农牌"香烟二毛一盒,拆开后自然是一分钱一支。看来这主还是急茬儿,老太太放下手里的笔,给他拿烟。只见这位把一支烟夹耳朵上,另一支叼在嘴上,说:"借您取灯儿用一下。"老太太又拿出一盒火柴递过去,这位划着火柴点上烟,美美地吸了一口,然后把火柴往柜台上一扔:"谢谢您哪。"说完扭头出去,蹬上三轮走了。这一幕是我亲眼所见,您想啊,这么多年过去了,还没忘。印象挺深,现在您听起来是有点意思吧!

还有一件关于小铺有意思的事儿,我也给您说说,那天我去小铺买酱油,我家界壁儿[1]的大海、二海两兄弟也去小铺,去买黄酱,本来没什么事,我打完了酱油(1毛5一斤),二人也买了5分钱的黄酱,(那时买2分钱的黄酱1分钱醋是常有的事),我们三人从小铺出来往家里走,那时人都馋呀,二海用手指抿了点儿酱放进嘴里,说:"真好吃。"大海一见说:"我也尝尝。"于是他也抿了一点儿放进嘴里,就这样在不知不觉中两兄弟你抿一下我抿一下,快到家了,碗里的酱也快没了,剩了一丢丢儿[2]。俩人这才醒悟,二海哭丧着脸说:"这怎么办呀?妈还等着做炸酱面哪。"大海也说:"回来准得挨打,这可怎么办呀?"二海对我说:"小四,你有钱吗?先借给我,过几天我一定还你。"我这时左手拿着酱油,右手攥着刚在小铺找的5分钱钢镚,不情愿地说:"你可一定得还我呀,省得我也得挨打。"哥俩这才露出笑容,大海一个劲儿地说:"够哥们儿,放心,这钱我一定还你。"说完哥俩撒丫子奔向小铺……

匆匆几十年过去了,岁月带走的往事,如碧波深处的水草,如果一点一点地打捞起来,依然散发着新鲜的草香。如今牛街小胡同已经不见了,盖起了高楼大厦。自然,小铺也随之消逝了,它只能留在我的记忆里,回想起来,还是那么甜蜜,那么有趣……

---

1 界壁儿:北京方言,旁边的意思。
2 一丢丢儿:北京方言,一点点的意思。

童年的歌谣

咱们北京有着深厚的文化底蕴，可以说是源远流长，地道的北京话让人听起来有滋有味，而北京歌谣听起来也是让人感到非常入耳好听。

那什么叫作歌谣呢？歌谣是指随口唱出，没有音乐伴奏的韵语。如民歌、民谣、儿歌、童谣等。其中儿歌和童谣是儿童们最喜欢唱的。我是一名老北京人，"50后"。回忆起小时候在大杂院里、胡同里听到的北京歌谣，真是挺有意思的，真的很好听。

老北京的歌谣大致分为两种，一种是说的，一种是唱的。我先说说第一种：说的歌谣。说的歌谣就是大白话儿，但很有韵味儿。举两个大家都熟悉的传统儿歌：

其一，《小小子儿》：小小子儿坐门墩儿，哭着喊着要媳妇儿，要媳妇儿干吗呀？点灯说话儿，吹灯做伴儿，早晨起来给她梳小辫儿。

其二，《小耗子》：小耗子上灯台，偷油吃下不来，吱儿吱儿叫奶奶，奶奶奶奶抱下来。

例如这种传统儿歌，不知唱了多少年多少辈，也不知作者是谁，也无从考证，可它深受广大的人民群众喜欢，一直被传承下来。

再如，20世纪五六十年代有许多现代儿歌，自己小时候也唱过，下面举两例：

其一，《小汽车》：小汽车嘀嘀嘀，里面坐着毛主席，毛主席挂红旗，气得美帝干着急。

其二，《李向阳》：我是李向阳，坚决不投降，鬼子一抓我，我就爬城墙，城墙一开炮，吓我一大跳。

您听，这几个例子有意思吧？如果您和我年纪差不多，一定会勾起您的美好回忆。

再说说另一种唱的儿歌，如传统的《纽弯儿》（也称水牛或水妞儿）："纽弯儿纽弯儿，先出犄角后出头喙，你爹你妈给你买了烧羊肉喙，几块？

两块。那块呢？叫猫给叼了去咪，猫呢？跑了。吓得王八羔子也是跑咪。"这种儿歌是唱出来的，有音律，有曲调，像我这个年龄的人差不多都会唱。

在唱的北京儿歌中，有一种是边玩儿（做游戏）边唱的，在北京我小时候的夏夜，在那古老的胡同中，您会看到一群十岁左右的小姑娘，她们或四五个，或七八个，边玩边唱，非常有意思，还不时地发出银铃般欢快的笑声，给北京的夜晚增添了无穷的情趣。在我的记忆中，她们唱的有以下几首：

其一，《钻家家》：一钻家啊两钻家，打花鼓呀打儿下，
　　　　　　　放花的呀水牛犄，小三小三进来吧。

其二，《卖锁歌》：卖锁呀卖锁，什么连锁呀黄连锁。
　　　　　　　什么开呀钥匙开，开开一个了呀，卖锁呀卖锁……

其三，《丢手绢》：丢呀丢呀丢手绢，轻轻地放在小朋友的后面，
　　　　　　　大家不要告诉他，快点快点抓住他，快点快点抓住他。

我这个人喜欢唱歌，也粗懂简谱，我按她们唱的旋律试着谱了一下，还真能唱出来，因版面关系，此文中只写了词，简谱就省略了。

还有一种儿歌，也是小姑娘们唱的，我们就称它为《皮筋歌》吧。这种儿歌是小姑娘们几个人边跳皮筋边唱的歌，这跳皮筋游戏有许多种。我简单地介绍其中一种，也是她们经常玩的那种，我给它起了一个名叫《步步高》，就是从低到高逐步升级，先从脚脖子开始，逐渐往上升，至小腿，至大腿，至腰间，至胸口，至双肩，为一轮。几个小姑娘分成两组，一组撑皮筋儿，另一组跳，谁跳得最高谁就获胜。在跳的时候大家都唱，每唱完一曲就往上升一格，当然如果中途谁跳坏了，就换另一组。

我凭着记忆，录写了几段《皮筋歌》，供大家欣赏。

其一，《小皮球》：小皮球，香蕉梨，马莲开花二十一，
　　　　　　　二八二五六，二八二五七，二八二九三十一……

其二，《高跟鞋》：高跟鞋，高跟袜，我给高跟打电话，就怕高跟不在家。

其三，《马兰花》：马兰花，马兰花，风吹雨打都不怕，
　　　　　　　勤劳的人在说话，请你马上就开花。

其四，《小河流水》：小河流水哗哗哗，我和姐姐采棉花，
　　　　　　　姐姐采了一大把，我只采了一小把，
　　　　　　　姐姐得了大红花，我只得了鸡娃娃。

其五,《秋风歌》:秋风起,秋风凉,凉爽的秋天收割忙。

棉桃大,稻谷香,还有菊花在开放。

我们大家都知道,这是秋天到,这是秋天到。

以上我所说的这几种儿歌,在咱老北京,不论在城镇,还是乡村,都能听到,可是现在却很少有人唱了。作为北京语言文化遗产中的一部分,就像报纸上说的,如果不抓住,恐怕就要失传了。

回忆那些童年的歌谣,还是那么美好,这些歌谣充满了童年的情趣,充满了生活的气息,充满了人世间的爱。

啊!多么令人难忘的歌谣啊!

忆南来顺小吃店

说起咱北京的小吃，我总是忘不了南来顺小吃店。

说起南来顺饭庄，北京人也许都不陌生，它坐落在宣武区的菜市口，离牛街两站地（公共汽车站），小时候经常去菜市口玩，那时坐公共汽车虽然从牛街到菜市口只需4分钱（后来又调到5分钱），那也舍不得坐，都是走着去，从我们家到菜市口也就10来分钟，那时菜市口是条丁字街，而南来顺坐南朝北，正对着宣武门大街。

南来顺饭庄分为正餐店和小吃店两部分，正餐店要等到吃饭点才开始营业，这儿炒的菜那叫一个地道，在这篇小文里，我只说小吃店，正餐店有机会再跟您说吧。在我儿时的印象里小吃店要比正餐店大得多，有东、西两个门可以出入，而且不分钟点，一天到晚顾客随时都能进餐。可话又说回来，早、中、晚饭口的时间人流量还是大得多。我每次去南来顺都感觉那里非常热闹，熙熙攘攘，人头晃动，人们挑选着自己喜爱的食品。

这个小吃店是一个宽敞的大厅，除去门儿，四周都是小吃，厅的中间摆放着一排排的餐桌，餐桌旁有供顾客坐的方凳。咱们还是从东门说起：进了东门左侧从南到北都是甜点，这里主要卖的是切糕，我从小就爱吃这里的切糕，这些切糕都放在大案板上，大约有60厘米宽，80厘米长，厚约10厘米，一层豆馅一层江米，有四五层。切糕的上面点缀着大红枣，看上去非常好看。买二两切糕，8分钱一两，二两1毛6，还得收二两粮票，那切糕别看只有二两，卖切糕的师傅用一柄长刀，一刀下去就是一片儿，放在台秤上一称，然后放在盘子里，这时盘子里的切糕层次分明，再加上撒在上面的白糖，别提多诱人了。吃一口满嘴香甜，别提多好吃了。除了切糕，这里还卖各种咱老北京的甜小吃，有艾窝窝、驴打滚、蜜麻花（又叫糖耳朵）、糖火烧、墩儿饽饽、豌豆黄儿等，爱吃甜食的人，您就解馋吧！

咱们再说说里面从东至西的一长溜儿售台，这里经营的咸味小吃，有豆腐脑、豆浆、油饼、油条、焦圈儿、薄脆、烧饼、火烧、螺丝转儿等，这里的豆腐脑做得真叫地道，单说那卤汁就是一绝，这汁里有肉末、黄花、木耳、鸡蛋，上面漂着一层花椒油，价格是一两粮票，8分钱一碗，当服务员给您盛好白嫩的老豆腐，然后浇上卤汁，上面又撒上一小撮香菜，一碗诱人的豆腐脑就递到了您的面前，如果您喜欢吃辣味，餐桌上有辣椒油、蒜泥、醋等供您自调。您再买上两个刚出炉的烧饼，一个油饼，嘿，一顿美味早点就齐活了。

说完了从东至西，拐过来再说从北至南的售台，这里经营的主要是肉饼，牛肉大葱馅（有没有馅饼记不清了）。这儿的肉饼更是一绝，老远就能闻见肉饼的香味，走近不单能闻，还能听到那烙肉饼时发出那诱人的"滋滋"声。不单耳听，还能眼见，那时的大师傅就在柜台的后面，烙肉饼的过程每一个顾客都能亲眼看到。当您看到那里外冒油焦黄焦黄冒着香气的肉饼，能不想尝尝吗？

这里还卖小豆粥、江米粥，如果您中午过来用餐，来上两张肉饼，再来

碗小豆粥，餐桌还有切好的咸菜丝，嘿，您说美不美？

　　这时就转到了小吃店的西门，西门和东门之间，这里柜台卖的是酒，酒有白酒和啤酒，白酒有许多品种，儿童不喝酒，更不懂酒，但上面摆的汾酒、西凤、老白干、二锅头还能认得出来，这里卖成瓶的，也卖散的，您买一两二两都可以。啤酒是论碗的，1毛钱一碗，要说碗，这碗不大，也就相当于现在家庭用的小碗。玻璃的柜台里摆放着下酒菜，有酱牛肉、烧鸡块儿、羊头肉、酱羊蹄、酱羊肝、五香豆腐丝、豆腐片、炸花生米、煮花生米、腐竹拌芹菜等，哦，还有煮五香大蚕豆，这些个小菜都不贵，最贵的1块钱，有5毛的，像那些素的也就一两毛钱。喜欢喝两口的您尽管来，保证您能满意。

　　关于南来顺小吃店中的小吃，我转一圈给您说完了，凭的是儿时的记忆，没准说得不全，反正八九不离十吧！不怕您笑话，在知青的岁月里，探亲假回北京，哥几个到北京的第二天，准在南来顺聚齐，好好解解馋。

　　日月如梭，匆匆几十年一闪而过，现如今的菜市口已面貌全非，丁字街也变成了南北的大通道，南来顺和我儿时熟悉的老字号如正兴德茶庄、西鹤年堂药铺、著名的菜市口百货商场、菜市口信托商店都不知搬到什么地方了。人真是越老越怀旧，没事儿的时候静静地想一想那儿时的乐趣，其中一项，就是那难忘的南来顺小吃店……

那些离我们远去的手艺人和卖艺人

侉炖鱼

漫话"心里美"

茉莉花茶香飘万家

球儿、洋画儿和三角

乜帖

聚宝源与万丰粮店

小时候爱看电影

童年的歌谣

学评剧——作者在评剧《红色联络站》中扮演周宏亮

这是作者的学生在评剧《花为媒》中表演的场景
张五可由陈明月扮演,阮妈由田玥扮演

胡同中那些快乐的小姑娘

感谢恩师

咱北京人爱吃面

飞雪迎春

田园风光

那些离我们远去的手艺人和卖艺人

我是一个老北京人,出生在宣武区牛街一条普通小胡同的大杂院里,作为一名"50后"的北京人,还能清楚地记忆着小时候发生的那些在小胡同里的奇闻逸事,那些个人和事现在回忆起来,还是那么温馨,那么有趣,作为老北京的一景,真是让人回味无穷。

我先说说手艺人,所谓的手艺人,就是靠着自己的手艺挣钱养家糊口的人。这些人都是小本经营,带着简单的行囊(工具),走街串巷去招揽生意,他们的吆喝也成为京城一景。

有一句老话儿:"没有金刚钻,别揽瓷器活。"说的就是那些个锔匠。记得1960年5月的一天,胡同里响起锔匠的吆喝:"锔盆儿哟……锔碗儿哟……"听到吆喝,老妈拿出一个盘子,这个盘子不小,属于8寸盘,上面有好看的图案,不知怎么弄的,盘子缺了一块儿,可是老妈一直没舍得扔,那天听到吆喝声才拿出来。一般的情况,如盘子、碗只摔成两半儿,锔起来方便,用原装的就行。可我家的盘子缺的那块没有了,看看能不能配上。那时我还小,才10岁,跑出来跟着看热闹,锔碗的师傅是个50岁左右的中年人,他坐在随身带的小马扎上,接过盘子看了看,然后打开自己的一个包袱,我一看,里面全是瓷器碎片,只见师傅翻找了一会儿,从里面拿出一个碎片,跟我家的破盘上比了比,不行,继续找,这回真让他找着了,在盘上一比还真差不多,然后就开始干活,用工具给盘子上钻眼儿,就是上述说的"金刚钻",一个钻头,上面绑着皮条,一根拉杆儿,然后钻头对准盘子,拉动拉杆儿,刺刺地响,一会儿就钻一个眼。当然,碎片上也要钻相等的眼儿。钻好之后,拿出锔钉儿,把碎片与盘子接上,然后用小铁锤反复敲打,"叮叮叮,当当当"的响不断,不一会儿三个锔钉儿锔上了,然后又在接缝处抹上像腻子一样的东西,盘子就锔完了,才花了两毛钱,如果不是盘子上的图案不一样,还真看不出来缺了的那块儿是后来配上去的。就是这个盘子在我家

牛街琐忆

用了好多年。现在想起来那师傅的手艺是多么棒，多么巧啊！

补锅的手艺人吆喝出来是这样："有钢种锅换底……修理钢种锅……"什么是"钢种锅"？我查了一下字典，其实就是咱老百姓日常用的铝锅。有一次我们胡同来了一个补锅的，对于一个10来岁的孩子来说，什么都好奇，所以我也目睹了补锅的过程。先是我家的邻居杨伯伯拿出一个铝锅，这铝锅是用来蒸窝头的。不知怎么弄的，锅底漏了一个大窟窿，需要换底。只见师傅拿出一块薄铁皮铺在地上，然后把锅放上用粉笔画了一个圆圈，拿出一把大剪子，沿着画好的圆圈剪下，又把破锅的锅底剪下，再往下就是剪口、收边儿，把锅底镶嵌上去，然后用小锤敲敲打打，最后抹上腻子，一个锅底就换完了，才花了五毛钱。

至于补个锅上的小窟窿就更简单了，用一个铆钉穿过窟窿，然后用小锤里外敲打，最后抹上腻子，您就用去吧，保证不漏水。

在老北京，除了我说的上述两种外，还有许多手艺人，奔波在生活的道路上，他们当中有磨剪子戗菜刀的，有焊洋铁壶的，有修理雨（旱）伞的，修理钢笔的，修眼镜儿的，修鞋的，擦皮鞋的等等，在这里我就不一一说了。

还有一种手艺人最能吸引我们这些个半大孩子，那就是捏面人儿的，那天我们胡同来了一个捏面人儿的，有个40多岁，穿得挺干净，胳膊上还戴着套袖。只见他在墙根的空地上支起一个小木箱，坐在随身带的小凳上，打开木箱盖儿就开始干活。那天我出去得晚了一点，他的身边已经围了五六个像我这么大的孩子。我挤进一看，他的箱子里有一块块儿的各种颜色的面团儿，可能是怕弄脏，也可能是怕干了，所以在面团上盖了一块白布，只露出一小截儿。箱子里还有不少的像筷子一样长短的苇子秆，所有面人儿都是在苇子秆上完成的。当时掀起的箱盖上插着几个已经捏好的小物件，有小公鸡、小兔子，还有一个孙悟空、一个猪八戒，那孙悟空、猪八戒捏得真像，色彩鲜艳，真是活灵活现。我的小伙伴顺子和二宝每人要了一个小公鸡，三分钱一只。我最喜欢的就是孙悟空了，不过得要一毛钱。我跑回家跟老妈死磨硬泡地要了一毛钱（要一毛钱怎么这么难？您不知道，过去老百姓过日子，二分醋、五分酱就能吃一顿炸酱面），然后又跑到摊子前，说："我要一个孙悟空。""好嘞。"只见师傅拿出工具，有小篦子、小竹签、小竹板儿等，然后用各种颜色的面料，这么一点，那么一点，面团在师傅灵巧的手中像活

了一样，一会儿孙悟空的身子就出来了，脸出来了，虎皮裙出来了，靴子出来了，金箍棒出来了。又见师傅把面人的胳膊一转一扭，一个有造型的孙悟空就完成了。只见捏好的孙悟空一只手搭凉棚向远处眺望，一只手扛着金箍棒，真是有意思极了，我好喜欢。

　　说完了面人儿，我们胡同还来过吹糖人儿的，他的到来使整个胡同充满糖的甜香，那也是我们孩子的最爱呀！

　　在咱们老北京除了我说的手艺人以外，还有卖艺人，其中耍猴的卖艺人给我的印象最深。

　　那时经常有耍猴的在胡同里表演，只要是听到"当当当"小铜锣一响，准是耍猴的来了。

　　一天下午（这天正好是星期天，不上学），我正在家里看小人书，听到铜锣响，我放下书急忙跑出去，这时在我们胡同最宽敞的地方已经围了一圈人，有大人也有孩子（以小孩居多），我挤进去，只见耍猴的有个50多岁，旁边蹲着一只猴，正眨巴着小眼睛望着众人，只见耍猴的敲响手中的小铜锣，嘴里说着："各位老少爷们儿，叔叔大爷，大妈大婶，今天我借贵方一块宝地，和我的伙计给大伙表演几套玩意儿，为了混口饭吃，有钱的帮个钱场，没钱的帮个人场，现在就开练起来。"就看小猴在他的指挥下做着各种动作，一会儿前空翻，一会后儿空翻，它的精彩表演博得了阵阵掌声和叫好声，接下来小猴又来到一个小柜子前，打开门，从里面拿出一件红衣裳穿好，又戴上一顶小乌纱帽，又戴上了一个面具，俨然变成了一个古代的县官，只见它摇摇摆摆做着各种滑稽的动作，引得观众一个劲地哄笑，小猴连换了几套衣服，表演了几圈，耍猴人手托铜锣说："各位看官，看得开心，就赏几个吧，我这儿给大伙鞠躬了。"于是他和小猴一个劲地向大家鞠躬行礼，大伙也纷纷地向场中扔钱，有钢镚儿，有毛票儿，当然钢镚居多。耍猴人嘴里说着谢谢，连忙和小猴捡地上的钱，一场演出就此结束。

　　类似这样耍猴的我看到过多次，有时是有两个猴的，还有猴和羊同时表演的，直到60年代以后才逐渐消失。

　　此外，关于胡同卖艺的，我还看过变戏法儿的、练杂耍儿的，在这里就不一一说了。

　　随着时间的流逝，这些手艺人和卖艺人逐渐地消失了。他们的身影在人

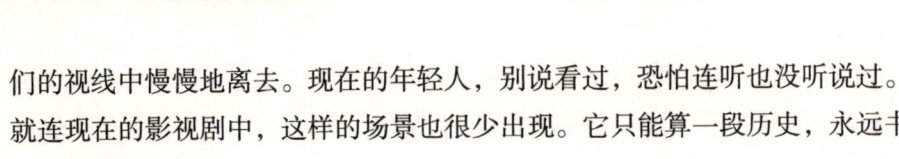

们的视线中慢慢地离去。现在的年轻人，别说看过，恐怕连听也没听说过。就连现在的影视剧中，这样的场景也很少出现。它只能算一段历史，永远书写在记忆的长河里……

玩家

我是一个老北京人,"50后",出生在北京宣武区牛街地区一条普通的小胡同里。人真是越老越怀旧,回忆起小时候在那里发生的事儿,现在想起来真是感到亲切、生动,是那么的有趣,那么的温馨,那么的令人难忘。

说起咱北京,有着深厚的文化底蕴,用一句老话儿说:"是生长在天子脚下。"那可是一块福地啊!

过去的老北京,胡同多如牛毛。我居住的牛街也不例外。就在那些个小胡同里可以说是人才济济,真可谓是卧虎藏龙。凭我儿时的记忆,就在我们那一片就有好几位玩儿家,用现在的话说,那叫"草根名人"。而我说的这几位玩儿家,或多或少都跟我有一些渊源。

闲话少说,言归正传,先说说第一位:

玩跤名家　钱德仁

说起钱德仁在我们这一带大大有名,那跤摔得好,地道!我和他同住在一条胡同里。那胡同叫吴家桥四条,既然是四条,那必定有头条、二条、三条了。论辈数我还得叫他一声小伯伯(发"掰"的音,我们回民都这么叫)呢。

他的院子不算很大,但也宽敞,三间北屋,两间南屋(很小),中间的院子当中铺了一层厚厚的黄沙,那是专门用来玩摔跤的。他个子不是很高,但非常壮实,有一身的功夫。我那时才10多岁,印象中他有40岁左右。每当夏日的夜晚,他家的院里非常热闹,天一擦黑儿,他的几个徒弟就陆续地来了,他们当中有白子、祥子、骚包等,还有几个我叫不出他们的名字。这时,钱婶子已经烧好了开水,用大把儿缸子沏上了香茶,然后就开练。

关于摔跤的术语,我知道的不多。那时我和同胡同的几个和我差不多大的孩子就进去瞧热闹。偶尔也听上一两句,如:这摔跤分揪、带、领、转、甩、踢、勾、绊等身法和步法,招式有手捌子、德合乐、大背跨、连环踢等。钱师傅边讲解边示范,然后就让徒弟对练。在对练当中,钱师傅坐在椅子上

看着，手里托着小茶壶，眼紧盯着场子，一看招式不对，马上指出，重新再来。在他的指导下，几个徒弟都很棒，据说白子等还拿过北京自由式摔跤的名次呢！

钱师傅对人非常和善，总是笑呵呵的，当时场子上休息时，我们几个小孩子也想试巴试巴。钱师傅就让我们也穿上褡裢（摔跤的专用服装）到场子中间去玩。我那时比较小，轻易不敢上场子。上去之后，也就是去那儿挨摔的。玩了几次也没学成一招半式的。不过，在我的童年里也留下了美好的回忆。

玩杆名家　佘宏亮

说起佘宏亮那也是我们牛街的一个草根名人，我怎么知道他呢？说起来简单，他和我二姐一家同住在一个大杂院里，就在吴家桥二条。我经常去二姐家玩儿，自然也就知道了佘师傅。

佘师傅那时40岁出头，身板儿那叫一个棒，细腰乍背，脯子肉翻着，赤子肉横着，四棱的胳膊起金线，用现在的话说叫"健美王子"。用老话儿说叫"块儿足"。这么健美的身材怎么练的？那就是玩杆儿。

这种杆儿说起来就是杂技中的一种，当初就是一根铁杆儿，演员在杆儿上做出各种高难度动作。以后又发展成双杆，难度也越来越大，要求也越来越高。就如现在我们在电视中看到的那样。别扯远了，还是回到我儿时吧。

那时在佘师傅的院子里，就埋了一根铁杆儿，杆儿有六七米高，顶端分三角形拉下三根钢丝绳，深深砸进地里固定住，这样就可以玩了。夏天的晚上，我常到二姐家去玩儿，曾多次看到佘师傅的表演，真是精彩极了，只见他时而手脚并用，盘蹬而上，时而见他身体垂直，只用两手的力量从地上拔起，时而扯旗，时而倒立，时而斜飞，时而仰杠，他的动作干净利落，舒展大方，真是美极了，那是力量的体现，那是激情的燃烧，真的好棒！

他教了几个徒弟，跟他一起练爬杆儿，听说有的徒弟进了杂技团，成了专业杂技演员，这都是后话，暂且不提。

佘师傅当然也认识我，有一次我看完他的表演，对他说我也想试试，他乐呵呵地说："好呀，那你就试试。不过，你这塑料鞋不行，回家换球鞋再来。"就这样我还真跟佘师傅练了一段时间，学会了盘蹬，学会了拔爬，还

学了几个基本动作招式，一个叫"坐殿"，一个叫"飞人"，还有一个叫"倒立"。

书画名家　李世林

说起李世林不能说是玩儿家，应该说是一位书画艺术家。我和他相处也是因为有缘。

李老先生住在三条，而我住在四条。有时也见面，彼此不熟悉，也就无法交流。我眼中的李老先生60多岁不到70岁，白净脸儿，瘦高个儿，衣服总是穿得干净整洁，花白的头发向后背着，梳得一丝不苟，手里还经常拿着一根手杖，给人一种文质彬彬艺术家的感觉，又像一位有高级知识的学者。有人说起他，知道的也不是很多，只知道他是一个画画儿先生，小牛他爸。小牛是李老先生的儿子，年岁比我大几岁，小牛是他的小名儿，至于大号叫什么，我也不清楚。按现在的说法，李老先生应该是一位受人尊敬的艺术家。

记得那是20世纪70年代的事，发生了"林彪事件"。当时我已经上山下乡到了宁夏生产建设兵团。这一年我探亲回北京，正赶上批林批孔的大高潮。那时我正好是23岁。回北京刚两天牛街派出所的民警和街道居委会的干部找到我，对我说："咱们街道结合批林批孔搞一个漫画展，知道你会画画儿，请你给帮帮忙，和三条的李老先生你们俩给画一套漫画儿，不知道你肯不肯？"我说："没问题，这个忙我能帮。"就这样我与李老先生相处了。

第一次去李老先生家给我的感觉还真好，李老先生住在三条的一个独门独院里（这样的条件在牛街还不多见），三间大北屋，两间小西屋。不算很大的院子里有一株枣树。院子收拾得干净、整洁。进屋以后李老先生热情地接待了我，他问了我一些基本情况，问了我学画画儿的过程，手中有没有作品，我如实相告。然后他指着墙上一幅国画作品（三尺宣、竖幅、镶了镜框）对我说："这是我1953年画的。作品的名字叫《和平》，是为了纪念抗美援朝而作的。"我仔细地欣赏了老先生的作品，画面上的右下方画了个大胆瓶（上部），瓶口探出几枝荷梗，一朵洁白盛开的荷花开得正旺，花朵的下面是两片大荷叶，由于是黑白作品，黑色的荷叶更加衬托出花洁白，使整个画面生动和谐。由此可见李老先生的功底是多么深厚啊！然后他又对我说："荷

花、胆瓶，我取谐音'和平'，我希望世界上不再有战争，永远和平。"匆匆几十年过去了，他的这些话还清晰地留在我的脑子里，好似就像昨天发生的一样。

文叙前言，第二天我带上我画的画儿，去了李老先生家，老先生看过之后不住地点头，对我说："画得还不错，有一定的功底，但，如果加上正确的引导，你一定会有更大的提高。"在以后的日子里，和老先生相处得越来越好，他亲切和蔼，非常好接触。有一天他语重心长地对我说："如果我的好友徐悲鸿还健在的话，我一定领你去见见他，可惜他英年早逝。小牛还是他的义子呢。"他的话使我非常震惊，徐悲鸿那可是咱们中国的大画家，老百姓那时都知道他。是不是北京的老百姓都画画儿啊？不是。因为在五六十年代，老百姓家里用的日用物品，如脸盆儿、铁皮暖壶、大把儿缸子等上面印的图案很多是徐悲鸿的奔马，还有齐白石的大虾，所以老百姓都知道。

经过10天左右，我与老先生终于完成了一套26张的漫画张贴画，交到了牛街派出所，他们非常满意，立刻组织装裱后巡回展览，还配有讲解员，这些就不细说了。

漫画完成以后，我与老先生的交往也告一段落。又过了几天我探亲假结束，回到了宁夏，和老先生的交往也就结束了。几十年后的今天我才醒悟，当时在与老先生交往过程中，我感觉老先生喜欢我，我对他也很尊重，言谈话语中他多次提到师徒的话题，我都朦朦胧胧的，如果按现在的说法，我当时跪在地上磕上三个头，就完成了拜师大礼。那我肯定不会是现在这样，我就是李老先生的徒弟了，那还了得！可惜，命运之神与我擦肩而过，没能抓住，又怨谁呢？

岁月如歌，一泻千里，人在时间的长河里总会留下一些记忆，幸福与美好，悲哀与失落，随波逐流……

漫话"心里美"

常言说得好:"冬吃萝卜夏吃姜,不劳医生开药方。"这话有一定的道理。

萝卜的种类很多,有白萝卜(又称象牙白)、青萝卜(又称卫青)、红萝卜(又称卞萝卜)、胡萝卜等。而我所说的"心里美"也是其中的一种。

别看这些个萝卜很普通,可它是咱老百姓喜闻乐见的蔬菜之一,尤其是在冬季更是受到大家的欢迎。

萝卜营养丰富,因其清热生津、消食化滞、开胃健脾、顺气化痰的独特食疗功效,《本草纲目》亦称之为蔬中最有利者。

我今天主要说一说"心里美"水萝卜,它的形状圆乎乎的,以重量在一斤左右的为好,它的上部是淡绿色,下部为白色,切开后肉为鲜艳的紫红色,口感脆甜,赛过鸭梨。以大兴区西红门、高米店等地所产最为著名。要说这"心里美"可是咱北京特色,在过去北京的街头巷尾经常听到这样的吆喝:"哎——萝卜,赛梨哎——辣来换……"听到吆喝您出门一看,有时是推车的,有时是挑挑儿、担担儿的。他们都有一套削萝卜的好手艺。再看他们所卖的萝卜,都是一个一个精心挑选过的,大小都差不多,而且透着干净、清爽。拿起一个用指头一弹,当当儿的,一刀切下去,咔嚓嚓地响。吃在嘴里甜滋滋、凉丝丝的,别提多爽了。

记得20世纪70年代初的一年秋天,那年我才20岁出头,一天我和同院的小伙伴顺子和二宝去前门大栅栏买东西,走得有点儿累,也有点儿渴,正好在前门大街上看见有卖"心里美"的,卖萝卜的是两位年轻姑娘,她们头上戴着白帽子,腰里围着白围裙,胳膊上戴着白套袖,一看就是国营菜站的售货员(那时也没有个体户)。她们的跟前有一辆平板三轮车,车上还铺着一块蓝布,湿漉漉的,上面都是精心挑选的"心里美"萝卜,透着干净。真是人也干净,物也干净。买萝卜的人还真不少,两个姑娘,一个收钱,一个操作。只见这个姑娘左手拿起一个萝卜,右手拿着一把晶亮的小刀,先是

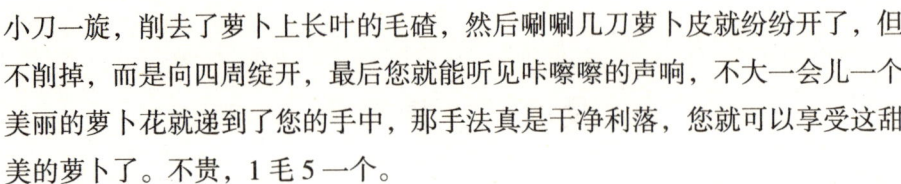

小刀一旋，削去了萝卜上长叶的毛碴，然后唰唰几刀萝卜皮就纷纷开了，但不削掉，而是向四周绽开，最后您就能听见咔嚓嚓的声响，不大一会儿一个美丽的萝卜花就递到了您的手中，那手法真是干净利落，您就可以享受这甜美的萝卜了。不贵，1毛5一个。

我看得入神，也想试一试，姑娘笑着说："可以。"我接过刀，拿起一个萝卜，照姑娘的手法一试，不是那么回事，第一刀把萝卜皮削掉了，第二刀再往下削，劲小了，削不动，再一使劲，萝卜是削开了，可是刀也落在了大拇指上。还好，口子不大，但也出血了，姑娘连忙说："没事吧！"我说："没事。"姑娘接过刀说："还是我来吧。"只见她唰唰几刀，像变魔术一样，一个开了花的"心里美"递到我的面前……

往事说完了，再给你说一段现在的事，去年春节，我们单元楼的邻居搞了一次聚餐，一家一个菜，无非是趁着过年乐呵乐呵，菜多种多样，鸡鸭鱼肉样样都有，而我家出的菜是凉拌"心里美"，其实这个菜做法很简单，把萝卜洗净，削去头和尾，然后切成细丝，放在一个容器里，撒上盐，腌上10来分钟，然后再放上葱花（多切点儿）、白糖、米醋、少许鸡精，在点上点儿香油，一个凉拌菜"心里美"就做成了。我这个菜在餐桌上最受欢迎。您想啊，吃上一口我做的凉拌"心里美"，那感觉真好，真是美到了心里。

还有要说的是，咱北京的老百姓最爱吃炸酱面了，菜码是必有的，冬天里的菜码，除了焯好的白菜丝之外，"心里美"萝卜也很好，或切丝拌面吃，或切块就面吃，都很不错，再配点儿嫩绿的青蒜段儿，嘿，那炸酱面要多香有多香，赗好吧您哪！

茉莉花茶香飘千万家

咱们老百姓居家过日子离不开那句老话,那就是开门七件事:柴、米、油、盐、酱、醋、茶。

别看茶排在最后一位,它可是咱老百姓日常生活中不可缺少的重要物质。

我是一个老北京人,"50后",生在牛街,长在牛街。从我记事起,就知道了茶。

北京人有喝早茶的习惯,我们牛街的回民更是如此,那么他们喜欢喝什么茶呢?我敢肯定地说,那就是茉莉花茶。

在20世纪五六十年代,每天早晨,尤其是夏天,大杂院就热闹起来,人们又开始了一天的忙碌的生活,该上班的上班,该上学的上学。那时人们都习惯把小炕桌搬到院子里,坐在小板凳上,开始吃早点,有吃烧饼油饼儿的,有吃窝头咸菜的。但他们都有一个共同的特点,那就是喝茶,煤球儿炉子上坐着水氽儿,或用茶壶,或用大把儿缸子,沏上茶,那茉莉花茶的香味

飘满了整个大杂院……

　　说到茶，作为一种文化，在我国有着悠久的历史，其中讲究的是茶道。茶艺也是一种高深的艺术，可这些对于普通老百姓来讲都属于"阳春白雪"。作为他们之中的一员，我只说"下里巴人"。

　　茶的种类很多，但大体分为三种，即红茶、绿茶、花茶。在这三种之中，有很多的品相和名称，有些还称为极品。我喝过的茶有碧螺春、龙井、旗枪、铁观音、大红袍、普洱等。您听这些茶都不错吧，可是，不怕您笑话，我就是喝不惯，总觉得不对味。我想，这和咱们"南甜北咸，东辣西酸"的饮食习惯是一个道理，我和北京大众一样，就爱喝茉莉花茶。

　　其实茉莉花茶中有许多的名称，如金丝银钩、碧潭飘雪、白马王子、毛白猴、精针王、龙珠、绣球等，这其中有许多是精品、极品。当然，根据品级，价格也不一样。这些我还是了解得不大清楚，还是用"下里巴人"的方式来说吧：价钱越贵的越好、越香，这一点儿没错。

　　五六十年代，老妈喝茶都是从牛街走到菜市口，到老字号"正兴德"茶庄去买茶叶，因为那是一家清真茶庄（牛街大部分居民都到那里去买茶叶），通常只买4毛钱一两的，喝起来挺香。我经常和老妈一起去买茶叶，记得我12岁那年，马上就要过春节了，北京城下了一场大雪，那雪下得足有半尺厚，老妈和我一起冒着大雪从牛街走到菜市口到正兴德去买茶叶，一进茶叶铺就闻到那茉莉花茶的香味，那香味一直留在我的记忆里。几十年以来，我每次进茶叶铺去买茶叶，都会勾起童年的记忆。那天老妈破例，竟买了8毛钱一两的，买了半斤，说是快过年了，买点好的，好招待客人。

　　那时卖茶叶不用塑料袋，都是用纸，手工包装，售货员可以按顾客的要求来包，比如买四两，二两一包，两包。买一斤，半斤一包，两包。当然，也有买一包的。售货员包包儿的手法真是一绝，那包儿包得方方正正，显得特别瓷实。然后把两包摞在一起，用纸绳儿反复交叉一捆，上面还有一个提梁，顾客用手指头一勾就能提溜走。那个茶叶包在当时真可谓是一种时尚，逢年过节走亲戚，到了亲朋好友家，把茶叶包往桌上一放，显得又大气又古朴。那情景也可称为老北京的一景啊！北京人好客，只要是客人一进门，主人就会沏上一杯喷香的茉莉花茶，送到客人的面前，在浓郁的茶香中，就天南地北地神侃起来……

由于对茉莉花茶的喜爱,所以我对报纸杂志上所登的关于茶的文章也特别留意,反复阅读,细细品味。十年前《北京日报》就刊登了一篇关于花茶饮用的文章。我把它摘录一小节,与喜爱花茶的朋友们一起分享,文章中说:花茶是融茶叶之美,鲜花之香于一体的诗一般的艺术品,花茶中的香气如何非常重要,它有三个标准:一是香气鲜足;二是香气浓厚;三是香气纯正不杂。花茶泡饮,以能维护香气不致无效散失和显示茶胚特质美为原则。每杯用茶2—3克,用90℃左右开水冲泡,加盖后3分钟,揭开杯盖一侧,用鼻快闻其香气。茶稍凉适口时,小口饮入,在口中稍停留,以口吸气、鼻呼气的动作相配合,使茶汤在舌面上往返流动一二次,充分与味蕾接触,品到茶叶香气后再咽下,如此一二次,就能真正尝到名贵花茶的茶味、香韵。

说得多好啊!文章中不但赞美了茉莉花茶的高雅,还教了您如何去品茶的方法,您不妨一试,那时定会其乐无穷。

我喜欢茉莉花茶,它的茶香飘在我童年的记忆里,飘在那和蔼亲切的大杂院里,飘在那古朴的小胡同里。随着时间的推移,我感觉它仍然在飘,它的香气飘在京城的大街小巷,飘在千家万户,飘在那浓浓的真情中……

球儿、洋画儿和三角

我是一个老北京人,"50后"。生长在宣武区牛街一个普通的大杂院里。在那里留下我童年的宝贵记忆,现在想起来还是那么的美好,那么的温馨,那么的有趣,那么的令人难忘……

有人说,爱玩儿是孩子们的天性,这话一点儿都不假。今天我就给您聊聊我小时候的那些有趣的童年游戏。说起我们小时候的游戏,真可称得上是丰富多彩,那也是咱老北京的一景啊!

小时候,在我们男孩所玩的游戏中,弹球儿、拍洋画儿、扇三角是我们的最爱,今天我主要说说这三样儿。

先说说弹球儿,我们所玩的弹球是玻璃球儿,一般的直径约有1.5厘米,透明的,里面有好看的心儿,这心儿的色彩非常鲜艳,有单色的,如红色、黄色、蓝色、绿色等,也有多色的,就是把红、黄、绿放在一起的。如果是新的,就显得非常的漂亮,让我们爱不释手。玩的时候,至少两个人,也有三四人一起玩的。什么叫弹球儿呢?就是用右手的拇指和食指把球夹住,瞄准对方的球,然后用拇指一弹,去撞击对方的球儿,如果撞上了就赢了,方法有很多,通常用的就是出坑儿、撞击、排跑三种。记得小学四年级时,由于我的球技不错,在玩中不但没输,反而还赢了不少。有一次,在学校,我把球也带上了,不料被班里的一个同学告到了老师那里,上课后,老师把我叫到讲桌前,命令我把球儿掏出来,我先把左边兜里的三四个球儿掏出来放在讲桌上,又是那个告状的同学在座位上喊了一句:"老师,他那边兜里还有!"老师严厉地说:"再掏!"没办法,我只好又掏出右边的十几个球儿(那可都是新的呀),放在桌子上。就这样,我的球儿全部被老师没收了,当时,我心疼得不得了,真恨这个老师,更恨那个告状的同学,心想:等着,看我怎么对付你……

再给您说说"洋画儿"。"洋画儿"是一种小型的画片儿,长方形,

也就有二寸相片大小，是用厚纸板印制的，分前后面儿，前面是画儿，彩色的，画得相当好，后面是文字说明，内容包罗万象，有《西游记》《岳飞传》《杨家将》，还有《水浒传》中的一百单八将，等等。整幅的是一大张为一套，上面分为60小张，是一个完整的故事，这一大张是一毛钱，合一分钱6小张，从小铺里买回来后，用剪子小心地把它们剪开，分成一张一张的，然后用猴皮筋一捆就成了。

　　玩的时候两人以上，也有三四个人。一次为一局，一局有时是5张的、10张的不等。也就是说如果三个人玩，每人拿出5张或10张放在一起，正面朝上，放在台阶上，用手去拍，不是拍洋画儿，而是拍旁边儿，用拍出的风掀动洋画儿，把它掀过去，正面变成反面儿，就算赢了。也可以吹，用嘴吹气，掌握住气口儿，把洋画儿吹掀过去，就赢了。

　　有一次，我和同胡同的小伙伴五仔儿、骚包我们三个人玩一次20张的（这可是大局），每人可以吹两次气，他们两个都没吹过去，而我一口气就吹完了大半儿，还剩一张，只要轻轻一吹，我就赢了。可是，就在这时，老妈从院里走出，对我急急地喊道："小四，快去追那送煤球儿的，让他明天给咱们家送一筐煤球儿，快去！"我甩脸一看，那送煤球儿的骑着三轮车已经走出20多米了，我撒丫子就追，追上后，跟他说明了情况，完成了老妈交给的任务，回到台阶前，五仔和骚包还等着我，我弯下腰用嘴轻轻一吹，最后一张洋画准确地翻了过去。我赢了！我刚要收洋画儿，这时骚包用手把我拦住说："等等，这里面还有一张呢，你没吹翻过去。"这次轮到他了，他先一口气吹开上面的洋画儿，又一口气吹翻了最后一张，他赢了。这一次我不但没赢，还输掉了20张洋画儿。我心里那叫一个难过，这是为什么？事隔多年我才纳过闷儿来，原来他俩趁我追煤球儿的时候在里面做了手脚，把一张已经吹翻的洋画儿又翻了回来，然后隐蔽好，让我上了一个大当。怨谁呢？要怨就怨老妈，让我白白输掉了20张洋画儿，真是的！

　　现如今这洋画儿彻底消失了，谁家如果有也成了文物了。还别说，我三哥那儿还存着有几十张，每次我到他那儿，他都拿出来显摆显摆，每当我看到这些个洋画儿，都能勾起我童年的记忆，还真有点意思。

　　最后再给您说说"三角"。我说的可不是吃的糖三角，我说的是我们小孩玩的三角，这三角都是用香烟盒（烟标）叠成的，过去的烟盒都是长方形，

叠出的三角最好看。我们的烟盒都是捡的，有的是跟大人要的，我记得有许多种牌子的，有大前门、恒大、海河、大婴孩、飞马、大生产等，花花绿绿的放在一起很好看。

　　玩的时候得两人以上，就是一方把一个三角放在地上（放前还用手捏一捏，折一折，这样放在地上没有空隙），另一方用一个三角去扇地上的三角，如果把地上的三角扇翻，就赢了，如果没扇翻，另一方拿起地上的三角再扇另一方地上的三角，周而复返，直到扇翻为止，再从新来。那时，我也拥有几十张这样的三角，经常和同学或同胡同里的小伙伴一起玩，真是其乐无穷。

　　小时候由于玩三角，长大后对烟盒（烟标）产生了兴趣（关于这一方面我在另一篇散文《收集老烟盒时的苦与乐》中有详细说明），到现在我收集的烟标有300多种，闲时拿出来把玩，还是挺有意思的。

　　类似扇三角的游戏，还有用废纸叠成的"元宝""方宝"，玩法和三角一样，在这里我就不细说了。

　　写到这儿就要收笔了，我说的这三样儿都是小时候最常见、最爱玩的，我相信跟我年龄相仿的人都和我有同感，其实，在我小时候还有许多有趣的游戏，我下次再跟您聊吧！

那些年冬天里我们所玩的游戏

我说的那些年是在20世纪五六十年代，那时我才10来岁，正是贪玩的年龄段，那时的冬天北京城真叫冷呀，那雪下得有半尺厚，就这样也挡不住我们这帮爱玩爱疯闹的孩子。

时间锁不住记忆的闸门，回忆起小时候那些难忘的趣事，历历在目，真的美好，真的快乐，充满了幸福……

记得那年刚刚进入腊月，一场大雪铺天盖地而来，不大的工夫，屋顶上、树杈上、地面上就铺了厚厚的一层，当时我住的牛街地区也不例外。望着漫天的大雪，大人们高兴，有人说："瑞雪兆丰年，真是好兆头。"也有的说："这么大的雪，看来又是丰收年了。"我们这帮孩子们更是乐翻了天，在这充满童话世界的雪地里撒欢儿疯跑、打雪仗、滚雪球，玩得不亦乐乎。我们住的大杂院的杨伯伯还领着我们在院子里堆了个大大的胖胖乎乎的雪人，雪人的眼睛是两个煤球儿做的，鼻子是一个翘翘的红辣椒，嘴巴用了一块两头向上弯的劈柴，不知是谁给雪人头上扣了一个小铁桶当帽子。这个雪人好像很高兴的样子，总是对着我们傻笑。望着这傻乎乎的雪人，大家都笑了，我们更是笑个不停，真高兴。

逮鸟也是我们所玩游戏的一种，雪停了，我的三哥比我大两岁，他的主意多。他先用扫帚在院中的雪地上扫出一块空地儿，然后把我们家大蒸锅上的笼屉盖用一根细绳捆住的小棍支起来，在底下撒上一些小米，然后拿着细绳的另一头悄悄地躲在屋里。不一会儿，就飞来了几只麻雀，要说这麻雀真是机灵，不愧叫"老家贼"，只看它们落下后围着笼屉盖蹦来蹦去，歪着小脑袋，这看看，那看看，就是不进去。可能是架不住美食的吸引，一只麻雀快速地从里面叼出一粒米退出来后吃了下去，然后看看没事，又吃了两三次。我和三哥躲在门后，又紧张又兴奋，我示意三哥快拉绳儿，三哥倒是很沉着，等有三四只麻雀都进入了笼屉盖，才猛地一拉绳儿，笼屉盖落了下来，"轰"

的一声，麻雀们都飞走了，不知里面扣住了没有。我们跑出屋来到跟前，听见里面有"噗噜""噗噜"的撞击声，知道扣着了，三哥蹲下身慢慢地掀起笼屉盖，一只麻雀从里面钻出后"突噜"一声飞走了，三哥赶紧又盖上盖儿，然后手慢慢伸进去抓里面的麻雀，可是怎么也抓不着，手再伸进去一些，空隙大了些，最后一只麻雀也钻了出来飞走了。我们感到很沮丧，忙乎了半天，一只麻雀也没逮着。不过事后想起来也觉得挺有意思。

在冬天里除了雪给我们带来的欢乐外，还有许多好玩的游戏。比如，在胡同里不知是谁家倒的水，形成了冰，长长的一溜儿，我们这帮孩子排成队，一个个地在上面打出溜儿，像我们院里的二宝，一个出溜就能溜出几米远。祥子更有新鲜的，他老爸用木头给他做了一个小滑车，很简单，就一块不大的厚木板，板底下钉上两根粗铁丝，玩的时候放在冰上，人坐在上面，两只手各拿一根小铁棍儿，两手一撑能滑出很远，真好玩！我们跟他借，他也大方地让我们玩儿，每人滑一次。二宝也滑一次，没滑好，从上面掉下来，滚成了一个雪猴，逗得大家简直乐翻了天。

在冰上抽陀螺也很好玩儿，陀螺在咱老北京都叫它"夯夯儿"，也有的地区把抽陀螺叫"抽汉奸"，至于为什么不得而知。这陀螺都是我们自己做的（也有的是家长做的），用一块圆咕噜木头，把底下削圆，用砂纸打磨光滑，然后再镶上一个钢珠儿就行了，玩的时候先转一下，然后再用小鞭子抽打，它就会越转越快，好玩极了，玩一会儿就会出汗，那可是力气活儿。

说到力气活儿，抖空竹也是一种力气活儿，而且全身都运动。那时的空竹都不贵，块儿八毛的就能买一个，那时的空竹都是竹子做的，有单轴和双轴之分，再用两根小竹棍绑上一根小线儿就可以抖了。那单轴的不好抖，初抖时总是掉在地上，时间长了掌握住了才能抖好。我们院的小顺子抖得就特棒，不但抖得响，还能抖出几个花样，有时还把空竹弹向天空，等落下来接住接着抖。那年月在北京城尤其是过年前后，您能经常听到那悦耳的空竹声，那也是京城一景啊！

说到过年，那就是咱们中国的传统节日春节啊！是我们这帮孩子最快乐的日子，这春节正好是在寒假中，不用上学多美呀！吃好吃的，穿新衣，戴新帽，吃糖瓜儿，放鞭炮。家家户户喜气洋洋，大杂院里其乐融融，那真是笑在脸上，美在心里。

每年的春节逛厂甸必不可少,从牛街到虎坊桥的厂甸,我们都是走着去,从来也没觉得累。每当我们举着从厂甸买回来的大串糖葫芦(一米多高的大糖葫芦,拿时都得举着,才3毛一串)。头上戴着大花脸(京剧脸谱面具,2毛钱一个),兜里装着新买的球儿和小人书,心里那个高兴呀,都没法提,那才叫过年呢!年味儿十足,京味儿十足!

关于那些年冬天里我们所玩的游戏,除了上述所说,还有许多,今天就跟您说到这儿。以后有机会再跟您说吧。

难忘那金色的童年,难忘那冬天里所玩儿的游戏,真是令人回味无穷……

乜帖

"乜帖"是我们回族用的词语之一，是善意施舍的意思。

我是一个老北京人，生在牛街，长在牛街，是一个地地道道的穆斯林。没错，就是回族。

我从小在牛街地区一条普通小胡同的大杂院里长大。因为在我们那儿居住的绝大多数是回民，所以耳濡目染地受到了影响，对于回民中的老理儿也或多或少地知道了一些。

我今天说的乜帖就在其中，小时候经常听到大门口传来要乜贴的呼喊声："出散乜帖……"如果遇到"主麻"（每星期五为主麻日）就会这样喊："出散主麻乜帖……"这要乜帖如果按大众语言来说就是要饭的，按现在来说叫作"乞丐"。

每次听到这样的喊声，老妈总拿出2分钱对我说："小四，去，给要乜帖的送去。"每次我都愿意去做。您别小看这2分钱，在过去上小铺买1分醋2分酱是常有的事儿。

记得1964年的冬天，腊月初下了一场大雪，足足有半尺多厚，这年是我国遭受三年自然灾害之后，刚刚好转的一年，那也是相当困难，买什么东西不是要票儿就是写本儿（副食本儿）。记得一天的下午，门外传来："出散主麻乜帖……"当时我正在写作业，老妈刚蒸好一锅窝头，听到喊声，老妈对我说："这么大的雪，还有要乜帖的，小四，出去看看。"我跑出去一看，只见一个中年妇女，领着一个七八岁的小女孩，站在院门口，从她们的穿戴上看不像是城里人，肯定是从乡下来的。我把情况回来跟老妈一说，老妈听完二话没说，拿起两个热腾腾的窝头放在大碗里就端了出去，来到那个妇女跟前，说："大冷的天儿，趁热吃吧！"那个妇女接过窝头感动地说："托靠主，我今天遇上好人了！"说着拿起一个窝头掰了一半递给小女孩，小女孩的脸冻得通红，还流着清鼻涕，接过窝头狼吞虎咽地吃了起来。老妈忙说："慢点吃，别噎着。"那妇女从提着的筐子里拿出一个白布小口袋，把窝头装进去，又说："您能给我们点水喝吗？"老妈说："有，有，你等着。"说完回家，倒了一杯白开水又送了出来，那妇女连声道谢。

我们住的是大杂院，不大的院里住着七八户人家，听到说话声，纷纷走出来，看到这情况，有的给一个窝头，有的给半张烙饼，有的给2分钱或5分钱。不一会儿妇女手中的小布袋就有不少东西了。妇女连声称谢，老妈这时又掏出2毛钱递到妇女手中说："唯主的祥祝，这么大的雪，看来今年又能丰收了，咱们日子越来越好过了。"

屈指算来，这事已经整整过了50年，每当冬天的腊月，我都会想起老妈慈祥的面容，那些善良的老街坊，还有那漫天的大雪……

聚宝源与万丰粮店

我是一个老北京人，祖居宣武区的牛街，生在牛街，长在牛街，是一个地地道道的穆斯林。

回忆起小时候，那可真所谓是金色的童年，无忧无虑，除了上学，就是一个玩儿。当然，不是有那么一句话"穷人的孩子早当家"吗，所以我们家那些跑腿买东西吾的[1]，我都去做。那个年月我们北京胡同里的小孩，差不多都有这样的经历。

说起牛街，没有不知道"聚宝源"的，聚宝源在我们牛街也大大有名，因为那是一个卖牛羊肉的清真老字号。它坐落在牛街的中段，路东的寿留胡同把角儿，两间门脸儿，门的上方挂着黑匾金字的招牌，上书苍劲的楷书大字，"聚宝源牛羊肉店"。进了门就是一个大柜台（木制的），柜台上还有两个白色方形的大搪瓷盘，里面是绞好的牛羊肉馅。柜台上方有一根铁管，上面有许多铁钩儿，钩上挂着剔好的牛羊肉，供顾客选购。那时的肉都很便宜，羊肉7毛1一斤，牛肉7毛一斤。老妈经常让我去买肉，给我一毛四分钱，对我说："去，上聚宝源买二两羊肉，要肥的，今天咱们吃炸酱面。"由于去的次数多了，和售货员也就熟了，在我的印象中，那卖肉的售货员是一个小伙子，姓马，长得挺白净，长乎脸儿，对人特热情。大家都管他叫小马。我一去他就对我说："小四，来了，买多少？要牛的羊的？是不是又吃炸酱面呀？"我说："买二两羊的，要肥的。""好了！"小马麻利地给我切肉，称肉，然后把肉递给我说："拿好喽！"说到这儿，您一定会问：买二两肉为什么还要肥的？不瞒您说，我说的都是20世纪五六十年代的事，那时生活比较困难，买东西不是写本（副食本）就是要票，每人每月半斤油，不够吃呀！所以买肉都买肥一点儿的，那炸出的酱才香呀！

聚宝源的生意真叫火呀，平时，我每次去买肉总是有三五个人，就得排队，

1　吾的：北京方言，等等的意思。

要是赶上礼拜天或节假日,那队排得就更长了,从屋里能排到外街。凭我的记忆,那时的人都很自觉,不单单是买肉,买什么人们都能自觉地排队,偶尔有加塞儿的也是极个别的,还遭到后面排队人的反对,会喊一嗓子:"别加塞儿哎!"

因为爱吃肉,又搭上小时候那么馋,所以聚宝源成了我记忆库中一个重要组成部分,使我难以忘怀。虽然现在我住在昌平,可是每当买肉时,就想起牛街的聚宝源,总感到是那么的亲切……

说到聚宝源,不能不说说"万丰记",万丰记的正确叫法应该叫"万丰粮店",牛街人叫顺嘴儿了,都叫它"万丰记"。万丰粮店在牛街的路西,在丁家胡同把角,与聚宝源斜对过儿,高台阶上三间门脸儿。子曰:"民以食为天。"所以万丰粮店也是牛街老百姓常去的地方,当然,我也是那里的常客。一进门靠左边墙边有一个柜台,台后有一个售货员坐在那里,是个年轻的女同志。她专门负责写本、收钱、收粮票、开票儿。在她的右边柜台上放着称粮食的磅秤,磅秤放着一个白铁皮做的大簸箕,是专门称粮食用的。再往右有三个大木箱,是用厚木板制成的,里面分别盛着白面、大米、棒子面。柜台的后面,放着整袋的白面、大米,都码成垛,很是干净、整齐。您听我的描述,大概能想象得到,万丰粮店,房是古老的房,陈设是古老的陈设,在这里充满了老北京古色古香的韵味。

记得那是1961年的10月份,这个年月正是我国三年自然灾害严重的一年,副食短缺,粮食不够吃。一天的上午,万丰粮店在大门口贴出通知,告诉大家,每户每人可以凭一斤粗粮票买五斤白薯(那时的粮票,分粗粮、细粮,细粮票上又分米票、面票),下午2点开始卖,这可是一个好消息。那天,刚吃完中午饭,老妈对我说:"你先去万丰记排队,待会儿让你三哥去找你,咱家先买20斤白薯。"我到了粮店以后,在粮店的后门已经排了几个人,我也排了进去。后门又宽又大,是专门供运粮食的车走的,平时不开,卖白薯时才开,因为白薯第一量大,第二太脏,净是土,所以不能进正门脸儿,只能在后院卖。不到2点钟,三哥来了,手里拿着粮本粮票和钱,这时的队伍已经排出几十号人。大伙等呀,等呀,到了4点钟,还不见卖。大家纷纷询问,为什么还不卖?最后粮店的人说:"实在对不起大家,运白薯的车坏在了半道上,可能晚点儿才能到,具体几点到我们也说不清。这样,我

们粮店给每人发一个小牌子，上面有号儿，明天一早儿，大家可以凭号排队售买。现在大家排好队，就发号了。"我领的是10号，就回家了。第二天一大早，我和三哥就去了粮店，还不错，我们如愿以偿地买回了20斤大白薯。当天的晚上，老妈就给我们蒸了一大锅。那白薯又甘又甜，像栗子一样，真好吃。可是那时老吃白薯，吃得胃里直冒酸水。有人说，吃白薯得就咸菜，胃就不酸了，试了几次，管点儿用，可是架不住老吃呀，都吃腻了，可是没辙，那时主食就是窝头、白薯，能吃饱就算不错了。

　　转眼到了1964年，三年自然灾害过去了，生活有了明显的好转，副食虽然还写本（副食本）但是能买到。这年的春节，万丰店又贴出通知：居民凭粮本每户供应5斤富强粉（面），5斤小站稻（米）。这可真是一个特大的好消息。过年时吃到了雪白的饺子，柔软、细腻、香甜的大米饭，过去连想都不敢想啊！

　　现如今，几十年的光景转眼过去，牛街今非昔比，小胡同不见了，盖起了高楼大厦，而聚宝源老店和万丰粮店也只能深深地留在自己的记忆库里，时而想起还是感到那么温馨，那么亲切，那么令人回味……

忆牛街北口的清真大食堂

回忆起小时候的生活，记忆就像清泉一样，一股股地向上涌，又像电影一样，一幕一幕不停地播放。在这记忆中充满了人间的喜怒哀乐……

在20世纪五六十年代，牛街北口可称得上是一个繁华的地区，它虽然比不上前门大栅栏，也比不过菜市口，但是，在老百姓的眼里，它就是一个给人们带来诸多方便的好去处。

说到繁华，如果以街口为中心，东、西、南、北不出百米，就有百货、副食、药铺、理发馆、浴池、大食堂、银行、土产商店等，您听，够繁华的吧！

今天在这里，我别的不说，单跟您聊聊牛街北口的清真大食堂。

这个食堂没有字号，在我的记忆中就叫"牛街清真食堂"，国营的。直到70年代的后期，改名"两益轩"。牌匾字是杨敬仁题的。

准确地说，大食堂的位置在牛街北口往西一拐（这条大街就是广内大街），经理发馆、药铺，就是大食堂了。那时我们家住在吴家桥四条，从我们家出来，顺着糖房胡同往北走，不一会儿就到了广内大街，往东一拐，走不远儿就到大食堂了。

说起这大食堂深受老百姓的欢迎，一日三餐里面老是那么多人。早餐，这里经营烧饼、螺丝转儿、墩儿饽饽、豆浆、豆腐脑等，都是北京人喜闻乐见的小吃，而且口味极佳。尤其是那儿的牛肉大葱馅的包子，一毛钱一个，真叫香，一口下去直冒油，里面是瓷瓷实实的肉丸，您要是来上一碗小豆粥，二两包子，一顿早点齐活。

中午，这里经营的是正餐，以米饭炒菜为主，当然也有别的，如炒饼，这的炒饼分为两种，一种素的，一种肉的，半斤一份。素的收半斤粮票2毛5分，肉的收半斤粮票3毛钱。那饼炒得不错，色香味俱佳，真好吃。那的炒菜也炒得相当地道，普遍是家常菜，有素的，有肉的。像最便宜的素菜烧豆泡才2毛5分一个，肉菜也就是三四毛钱。那儿的烧茄子味道特别好，

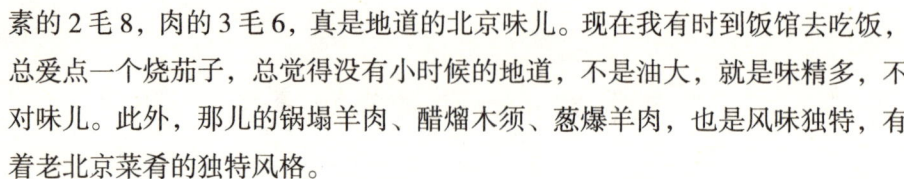

牛街琐忆

素的2毛8，肉的3毛6，真是地道的北京味儿。现在我有时到饭馆去吃饭，总爱点一个烧茄子，总觉得没有小时候的地道，不是油大，就是味精多，不对味儿。此外，那儿的锅塌羊肉、醋熘木须、葱爆羊肉，也是风味独特，有着老北京菜肴的独特风格。

到了天气凉了的时候，那里还有涮锅子、涮羊肉、涮百叶儿，都很不错。我还亲眼目睹那里的大师傅切羊肉片的过程，一块大案板，新鲜的羊后腿肉，大师傅左手按住羊肉，肉上还有一块白色的揥布（可能怕羊肉打滑），右手执刀。那刀有一尺多长，二寸多宽，刀头是方的，看着就快，只见大师傅用刀在肉上一蹭、一拉、一抹、一片溜薄的羊肉片儿就切下来了。那动作相当快，一会儿就切一大盘儿。您就吃去吧，保证又鲜又嫩。

到了晚上，这里就更加热闹了，您想呀，牛街地区普遍住的差不多都是做小买卖的，还有蹬三轮儿的、拉排子车的等，他们辛苦了一天，到了下半晌儿，都想放松放松，到这来解解乏。从下午5点来钟，一直到晚上10点左右，这里都有人。食堂的里面有一个玻璃柜台，柜台的橱窗里摆着下酒小菜，菜有荤有素，像素菜如煮五香花生米、五香大芸豆、豆腐丝、豆腐干等，都是1毛钱一小盘儿；而肉菜如酱牛肉、烧鸡块、羊头肉、炸鱼等就稍贵一些，两三毛钱一盘，最贵的5毛。柜台的后面有一个货架，上面摆着白酒，卖整瓶的，也卖零的，买一两二两都行。啤酒论升，一升5毛钱；也论碗，一碗1毛钱。好喝两口的您尽管来，保证您满意。这时您就看吧，食堂的餐桌旁都坐满了人，人多的时候还得等座儿。人们喝着啤酒，吃着小菜，天南海北地侃大山，那热乎劲儿就别提了。

啊，难忘生我养我的牛街，那里的一树一木、一砖一瓦都给我留下了美好的记忆，其中就有那牛街清真大食堂。

学 画 像

　　画像，指的是画人像，以头像为主。这个画种当时在北京可算得上是一种高贵的时尚。在20世纪五六十年代，在西单、王府井等繁华的街上，就有专门画像的门脸儿，招牌上写着：画像逼真，永不褪色。画像是黑白的，用的是写真的手法，看上去就像照的相片儿一样，真好看。我多次看到这样的画像，其中在西单的一个门脸儿里一张齐白石的画像给我的印象最深，那一根根白胡子画得像真的一样，我常常想，这究竟是怎样画的呢？

　　我从小就喜欢画画儿，对于画像可望而不可求。可是在无意之中却让我接触上了它。

　　在咱们北京城里人才济济，真可谓藏龙卧虎，冷不丁地就可能在不起眼的小胡同里冒出一位来。我说的闪万才就是其中的一位。我是"50后"，生长在宣武区牛街一条普通小胡同的大杂院里。我们那条胡同叫吴家桥四条（当然还有头条、二条、三条了），出了我们家的院门儿，顺着胡同往东走不远就是糖房胡同，而闪万才的家就斜对着我们胡同。都在这一片儿住着，都是老街旧坊的，都认识。闪万才比我大，我那时小学五年级，才10来岁，而闪万才已经是20岁出头的小伙子了。虽然认识，但不走动，见面也就打个招呼而已。真正和他接触也是偶然的，一天我和同胡同的画友一起拿出自己所画的画儿在互相看，闪万才刚好经过这儿，停下来对我说："小四，把你的画儿拿来我看看。"我把画儿递给他，他拿过来一看，说："画得不错，行，有点意思。"我说："万才哥，你也喜欢画儿？"他说："这么着吧，明天上午你到我家来，我也让你看看我画的画儿。"

　　当时的气候正值春末夏初之时，天气渐渐地热了，第二天早上我8点多钟就到了闪万才家。他家住的是两间东房，里外屋。小院儿挺干净，屋的前面是一个葡萄架，架上的葡萄叶已经长得郁郁葱葱，给小院投下了一片阴凉的叶影。万才哥把我引到葡萄架下，架下有一张小方桌儿，桌上有一块画板，画板上用图钉钉着一张画纸，画纸上有两只大眼睛吓了我一跳，再仔细一看，这两只眼睛是画上去的，炯炯有神，像活的一样。啊，这正是我梦寐以求的画像手法呀！这个印象太深了，当时万才哥画的这两只大眼睛是电影《早春二月》中的女主角，由当时的明星谢芳主演的，一个年轻漂亮的姑娘，一双大眼睛，梳着一条油黑粗壮的大辫子。我为什么记得这么深呢？原因只有一个：这是我跟万才哥学画像起，学画的第一张人像。

　　从那天开始，万才哥就系统地教给了我画像的全部过程，他说："画像首先要准备工具，笔是第一，要用毛笔，就是普通的中楷羊毫即可，但需要加工，用纸条把笔头的毛裹住，涂上胶水贴牢晾干，然后把笔尖削得粗细不等，有画眼睛用的，有画其他部位用的，有画头发用的，有三支就行。还有一支把毛剪掉大半儿，只留一点儿毛，做成刷子状，是擦暗影用的。还要准备棉球，是画大面积如衣服、背景等地方用的。纸，一定要用较厚的图画纸，薄的不行，一擦就破，没法用。色，就是一种炭精粉，黑色，不贵，2毛钱一小瓶，能用好长时间，再准备一个小盘，刷洗干净后擦干，把炭精粉倒里面用来画画儿。为了能准确地把人像画好、画像，还得准备一个放大尺，用来打底稿。"他边说边拿出他自己的工具让我看，还演示了各种工具的使用方法。后来他又说："你有不错的绘画功底，我相信你一定会画好的。"

　　从那儿以后，我一有空儿就去万才哥家跟他学画。他也非常耐心地给我讲解。更多的时间，是他画，我在他旁边看，他边画边给我讲解，怎样画眼睛，怎样画鼻子和嘴，怎样画头发，怎样把画和擦结合起来等。比如，有一次我问他齐白石像上的胡子是怎么画的？他说："这胡子是用橡皮画的，先用小刀把橡皮切下一个斜角，用橡皮做笔来画胡子。"接着就演示了画胡子的过程。类似这样的技法，我始终牢牢地记在心里。另外，他还教了我许多其中的诀窍。因某种原因，恕我不能一一说了。

　　自打我备足了工具以后，自己就开始实践画像，我画的第一张像就是谢芳主演的《早春二月》，在画的过程中，多次经过万才哥的指点，当全部画完后，万才哥给予了肯定，同时又指出不足和应该注意的事项，使我受益匪浅。

　　从此我下功夫学习画像，随着时间的推移，我画的像越来越好。我的小学同学到我家来玩，他们惊叹地说："画得真好，像照的一样。"那时电影界推出了二十几位电影明星，他们放大的相片挂在各个电影院里，我说几位，和我年龄差不多的都可能记得，如：王心刚、王晓棠、赵丹、陈强、谢添、

张平、于洋、王丹凤、白杨、祝希娟、秦怡、田华等。我把这些个明星画了一遍，都贴在我家的墙上，在不大的屋子里贴了一圈儿，招来亲戚、邻居、同学等赞许的目光和话语。

　　光阴似箭，岁月如梭。匆匆几十年过去了，画像作为一种老行当，已经渐渐离我们远去。对于闪万才，我虽然没正式磕头拜师，但在我的心中，他永远是我的老师。我会永远记住那刻骨铭心的往事，永远感谢他的授艺之恩。

那些年夏天里我们所玩的游戏

常言说："冷在三九，热在三伏。"这话没错。

在咱北京的夏天，尤其是三伏天，那叫一个热，气温高达三十七八摄氏度，在我的记忆里，最热的时候超过了40℃，如果再加上20℃，就赶上了高度的"二锅头"了。您说热不热？

我是一个老北京人，祖籍宣武区牛街人氏。我今天说的是我小时候的事儿，发生在20世纪五六十年代，我是"50后"，那些年我才10来岁。回忆起小时候所玩的游戏，有许多都跟节气有关系，各种节气的游戏有所不同，今儿个主要跟您说的是夏天里我们所玩的游戏。

由于天热，打水仗是我们的传统游戏，我和我们同胡同的小伙伴，经常在一起玩打水仗，我们四五个在一起玩的时候，分成两个组，一组两三个或三四个不等，每人一把"水枪"。说起这水枪，非常简单，就是用一根直溜的竹筒，在竹节处锯断，长度有十七八厘米，不粗，直径也就3厘米左右。一头是死头（竹节处横片），一头是空的。用火筷子烧红，在死头的横片上烫穿一个小眼儿，然后再用一根竹筷子，一头捆上一团棉布，制成一个活塞儿，这活塞儿上的布要和竹筒一样粗细，然后放在竹筒里，能推拉，这水枪就做成了。用的时候把有眼儿的那头放进水里，往后一拉活塞儿，这时竹筒里就抽满了水，（这和吸水的钢笔的道理一样）然后，拿起来猛地用力一推活塞儿，筒里的水就射了出去，能射七八米远，做得好的能射十多米。

游戏开始，我们都光着小脊梁，穿着小裤衩，分成两拨互相对射，那叫一个开心，一场游戏下来，浑身上下水淋淋的，裤衩早就湿了，喊声、笑声响彻整个胡同……

游泳也是我们的喜欢游戏之一，那时不为锻炼身体，就为一个玩儿，图凉快。我们游泳的地方就一个：陶然亭游泳池。事先得办一个游泳证，然后才能去，每次去的时候我跟老妈要2毛钱，1毛作为门票的钱（游一场两小时，1毛钱），另1毛买黄瓜、西红柿，别小看这1毛钱，能买一网兜呢。

牛 街 琐 忆

陶然亭离牛街有四五里路，如果坐公共汽车，得七八站，车票一毛钱，可我们每次去都是走着去，从没坐过车，到陶然亭后买门票进了游泳场。

陶然亭游泳池里的水真干净呀，一眼能看见水底的瓷砖。这里分成三个池：一个娃娃池，占地不大，水深也就五六十厘米，专供小孩玩的；一个中水池，很大，斜坡状，浅的地方到我们腰部，深的地方到我们的脖子，这里的人最多，差不多都是我们这群半大的孩子；至于深水池我们从来没去过，因为那里要深水合格证。

水里真凉快，我们尽情地在水里玩耍，玩累了上来吃上两个西红柿、一条黄瓜，别提多爽了。您还别说，在这一段时间，我还真学会了一种蛙泳，游得还凑合，一口气能游个二三十米。

像这样的游戏我们玩得比较少，它得用钱呀，我们没钱，平时兜里有2分钱就很高兴，要是有1毛钱，就乐得屁颠屁颠的。所以我们只能十天半月地玩一次。

逮蛐蛐也是我们爱玩的游戏之一，暑假里，我和三哥还有同院的小伙伴经常到城外去逮蛐蛐，那时我们从牛街往南走，出了右安门就是农村，那地方叫黄土岗，有庄稼、有草、有树，还有小河沟，那儿的蛐蛐最多，三哥逮蛐蛐是一把好手儿，一个上午能逮十几只，而我才逮了三四只，有一只还让我给碰掉了一个大腿。

逮蛐蛐也有讲究，不是什么都逮，像油葫芦就不逮（和蛐蛐样子差不多但体型比较大，叫声也不好听，没有蛐蛐叫得清脆悦耳），三尾儿大扎枪也不逮，因为它不好斗，也不会叫唤。逮就逮二尾儿的，那才是真正的蛐蛐儿。逮住一只后，把它放在事先叠好的纸筒里，才能带回家中。

回家以后，三哥挑选好的（体壮、有精神）用蛐蛐罐儿盛着，也有的用玻璃瓶（大口的罐头瓶），里面垫上土，再用清水淋湿就可以了。蛐蛐主要吃菜叶、葱叶就行。还有的喂辣椒，说吃了辣椒的蛐蛐厉害，不知是真是假，其余品相差的都放在一个大口坛子里，（里面也垫上土，还得放上几块碎瓦片儿）放在屋子里专门听叫儿。三哥经常拿出好蛐蛐跟胡同里的小伙伴斗，我也经常跟着去看。只见两只蛐蛐龇着大牙互相咬，得胜的一方抖抖身体，支起翅膀发出"嘟嘟嘟嘟"的叫声，还真有意思。

那时在咱北京的小胡同里，夏天的时候，在墙根、台阶下、砖缝里，都

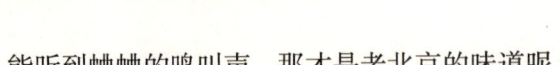

能听到蛐蛐的鸣叫声，那才是老北京的味道呢。

除了逮蛐蛐，我们还粘唧鸟（蝉），因为这唧鸟躲在高高的树上，天越热它叫得越欢，"知了——知了——"地叫个不停。

我们几个小伙伴光着小脊梁，手里拿着一根长竹竿，竿头上抹着胶，专粘唧鸟，眼睛盯着唧鸟，轻轻一点就把它粘住了，拿下来以后，互相比赛，看看谁的唧鸟叫得响。此外，我们还逮蜻蜓、逮蚂蚱，别提多有意思了。现在想起来，大自然给我们的童年带来这么多的欢乐，我们更应该好好地感谢它！

夏天里我们所玩的游戏，除了上述所说，还有我们经常玩的老三样儿：弹球儿、拍洋画儿、扇三角。此外，还有许许多多。一个夏天下来，我们都晒得挺黑，快赶上非洲的孩子了，您说逗不逗。

牛街琐忆

小时候爱看电影

我是一个老北京人，1950年出生在宣武区的牛街，在一条普通小胡同的大杂院里长大，是一个地地道道的穆斯林。没错，回民。

想起小时候的童年时代，真可以说是黄金时代，无忧无虑，一天到晚，除了上学就是玩，因此也就留下许多美好的回忆。这些个回忆是甜蜜的、幸福的。它充满了童真的情趣，充满了生活的沧桑，充满了时代的印迹，充满了人间的亲情……

小时候我们的业余生活是非常丰富的，除了各种有趣的游戏以外，看电影也是我们的喜爱。那时的电影黑白片普遍，彩色的也有，但是很少。那时看电影也相当便宜，看一场成人票价3毛，儿童票才1毛。那时我们家住牛街的吴家桥四条，离广安门电影院很近，广安门电影院在白广路，从我家出来，斜着穿过几条小胡同，再顺着枣林斜街往南一拐弯就到了。第一次看电影是我的三哥带我去的，他比我大两岁，我小时候许多知识的启蒙都和他有着直接的关系。记得当时看的电影《羊城暗哨》是一部反特片，挺有意思的，我看得是津津有味。从那以后，我就迷上了看电影。

在我的记忆中，除了上电影院去看电影，还经常去看免费的露天电影，比如我们那条胡同的西头，隔一道矮墙，就是黑色冶金设计院，在夏天的晚上，每逢周六都在大院的篮球场上放电影，有时一放就是两部，我常常和同胡同的小伙伴翻过矮墙去看电影，有一次还差点让人抓住，挺过瘾。

我小时候看电影的渠道还是挺多的，比如学校经常组织学生包场看电影，每当一部新电影上演后，学校的黑板报上就登出影讯，我记得在学校包场看过的影片有《雷锋》《小兵张嘎》《甲午风云》《马兰花》等。每当这个时候，我会理直气壮地跟老妈要1毛钱，去学校交给老师，这个时候老妈也痛快，没像平时那么别扭，要知道，那时的1毛钱能办许多事，最起码能吃两顿炸酱面。再有就是寒暑假，电影院专门组织放儿童场，5分钱就能看一场，这期间我看得也最多。

我看电影有时到了痴迷的程度，记得60年代初期，我上小学四年级，上演了一部新片——彩色戏曲片《孙悟空三打白骨精》。当时这部电影特别火，根本买不上票，而且没有儿童票，都是成人票，3毛钱一张，我经过多方的努力，终于攒够了3毛钱。买不上票怎么办？就去等退票。记得那天我连等两场都没等到，因为只要有人退票，马上就会围上一大帮人，我是小孩根本抢不上。在等第三场的时候，天已经黑了，而且电影也快开演了，我怀着沮丧的心情正准备回家，这时从电影院里走出一个成年人，手里拿着一张票准备退，在他身边马上围了一大帮人，纷纷说："给我。""给我。"只见那个人说："我谁也不给。"说着走到我面前对我说："我看你等了半天了，这张票就让给你吧！走，跟我一起去看电影。"说着就和我一同走进了电影院，刚找好座位坐下，电影就开演了，我非常感谢那位叔叔，连声称谢。他微笑着说："不用，不用，快看电影吧。"那天我真遇上了好心人，也如愿以偿地看了一场《孙悟空三打白骨精》。

人们常说，小孩的思想像一张纯洁的白纸，能书写最美的文字，能画出最美的图画。从我记事起在学校里就学到了良好的教育，不但学到了科学文化知识，还学到了做人的道理，所以我非常感谢教过我的老师，我参加工作以后，选择了小学教师这个行业，在教育战线一干就是35年。除了学校这个环境外，社会这个大家庭也给我提供了丰富的知识，看电影就是其中的一项。我看过的那些老电影，现在称为红色经典。如《雷锋》《钢铁战士》《在烈火中永生》《野火春风斗古城》《林海雪原》《自有后来人》《51号兵站》

086

《突破乌江》等，还有许多许多，在这里，我就不一一说了。这些个电影在我的思想中起到了潜移默化的教育作用，使我从小就立下志愿，要做一个对社会有用的人。

许多年过去了，对于那些老电影，至今还记忆犹新，我好怀念它们。每当电视里播放那些老电影，我还是那么喜欢看，重温一下那美好的难忘的岁月……

唱评剧

我这个人有许多的兴趣爱好，其中对戏曲的喜爱就是其中之一。

京剧是我国的国粹之一，博大精深，深受广大人民群众的喜爱，自不必说。其实，在我国除了京剧以外，还有许多的地方戏种，要知道，我国有960万平方千米的土地，有56个民族的兄弟姐妹，由于他们生活的区域不同，各民族有各民族的生活习惯，因此产生的戏曲也就不同，各有各的特点，各有各的特色，各有各的情趣，各有各的味道……

就我自个而言，除了喜欢京剧之外，还喜欢评剧、黄梅戏、越剧、豫剧等。其实好的艺术大家都能接受，都能和我有同感，比如，说到黄梅戏，大家都熟悉严凤英、马兰，她所演唱的《天仙配》《女驸马》给人留下了深刻的印象。说到越剧大家可能记得越剧名家王文娟、徐玉兰，她们所演的《红楼梦》《追鱼》老一辈的人差不多都知道。说起豫剧，人们马上想到豫剧大师常香玉，她所演的《花木兰》虽说不上家喻户晓，但也差不多。《朝阳沟》红极一时，是多么好的一出戏啊！这些个地方戏听起来曲调格外优美，唱腔委婉动听，真的很不错。以上我说的几部戏都拍成了电影，这也是大家熟悉的原因之一。

今天，在这里我重点说说评剧，说起它，我还真有一些话要告诉大家，和大家一起分享这其中的快乐。

我是一个老北京人，生长在宣武区牛街一条普通小胡同的大杂院里。提起牛街，大家都知道，那是咱北京的回族集聚区，我也不例外，回族。我是1950年出生的，作为一名普通的老百姓，对于老北京人平时的生活再熟悉不过了。过去的北京老人都喜欢听评剧。不单是北京，像天津、河北、东北等地区，都喜欢评剧，为什么呢？我的理解是：唱腔优美，通俗易懂。

评剧有传统戏和现代戏两大部分，我小时候经常听到大人们聊天时说起小白玉霜、新凤霞、魏荣元等评剧名家和他们所演的戏。所以说，评剧那时候确实给京城的老百姓带来了无限的乐趣。差不多的老人都知道小白玉霜、魏荣元主演的《秦香莲》，新凤霞、李忆兰、张德福等主演的《花为媒》和

《刘巧儿》（以上三出戏都拍成了电影）。架不住话匣子（收音机）里老放呀，那里面的唱段大家都非常熟悉，有些人还能经常哼哼出几句，您说有意思吧！

评剧也有着它辉煌的时代，记得20世纪60年代初期，评剧界冒出一个新秀，他就是著名的评剧表演艺术家马泰，他一出山就震惊了评剧界。他那浑厚的嗓音，独特的演唱风格，得到了大家的认可，并博得了大家的喜爱，很快地就家喻户晓了。他主要演的是现代戏，由于他的出现把评剧一下推向了一个高度，很快红遍大江南北，那时候谁不知道马泰啊！

那时的剧作家们也真是能耐，好戏一台连一台，在短短的三四年间就推出了十几部新戏，首先从新戏《夺印》开始打响了第一炮，以后接二连三推出的新戏有《向阳商店》《金沙江畔》《野火春风斗古城》《红色联络站》《南海长城》《李双双》《千万不要忘记》《会计姑娘》《阮文追》等剧目。这些个剧目都有马泰的精彩表演和演唱。您就听吧，那时京城的大街小巷，经常从话匣子（收音机）传出马泰那优美动人的唱腔，真可谓是红极一时。

记得60年代初的一天，那时我上小学三年级，一天的早晨（星期日），我正在家里写作业，我们班的同学（也是我的好朋友）于得水来我家找我，兴冲冲地对我说："你知道吗？话匣子里由马泰教唱评戏《夺印》中的选段'劝广清'，下午2点开始，北京台，你学不学？"我高兴地说："学呀，那多棒呀！"下午2点钟，我们坐在收音机旁一板一眼地学起了评剧。可以说，我学评剧第一段就学的是"劝广清"。从那以后，我越发不可收拾，先后学会了马泰的许多唱段。每次学校组织联欢会，我都唱上一段评剧，由于爸妈给了一副好嗓子，所以每次唱完之后，都能博得热烈的掌声。

匆匆几十年过去了，这以后经过"文革"，经过改革开放，现如今我国的文艺呈现出异彩纷呈的繁荣景象，而评剧从新中国成立初期的热播随着时间的推移也渐渐地变淡了。现在的小青年喜欢评剧的不多了，甚至有些人根本不知道什么是评剧，这不能不说是一种遗憾。

而我虽然已经退休了，但始终没有放弃对评剧的喜爱。我经常和我的戏友（票友）在一起唱评戏，还经常组织小型的演出，这也是老有所乐的一种形式吧。

牛街琐忆

感谢恩师

  我的小学生涯是在北京宣武区广内大街一小度过的。

  那是1961年的初秋，9月份开学后，我已经是四年级的学生了。开学后的第一节音乐课，上课的铃声响后，同学们很快地回到教室，坐在自己的座位上。这时从外面走进一个小伙子，看上去也就二十五六岁，只见他不高不矮的身材，身体偏瘦；脸上看，黄白镜子、细眉大眼，鼻直口正。分头，很自然的三七开。上身穿一件洗得很干净的白汗衫，下身穿一条蓝色的制服裤，脚下是一双黑皮鞋。给人的第一感觉，秀气、干净利落、文气十足，可以说是一个非常帅气的小伙子。

  他走上讲台，师生相互问好之后，他随手拿起一支粉笔，自我介绍道："我姓马，叫马庆麟，以后的音乐课就由我来上。"说完转身在黑板上，工工整整地写下了"马庆麟"三个字。事隔多年现在想起当时马老师所写的板书是标准的仿宋体，非常漂亮。从那一刻起马老师在我的心中留下了深刻的印象。

  从儿童心理的角度上来讲，最敬佩有本事的人，而马老师就是一个非常有本事的人。

  记得有一次上音乐课，马老师问谁会唱歌，当时我们班有一个新从外校转来的女生，我还清楚地记得她叫关雨菁，她站起来唱了一支歌，这支歌我们从没有听过，旋律非常好听。马老师很高兴，问："这是什么歌？"答："是我们家乡的小调，《洗衣歌》。""你再唱一遍好吗？""好。"于是优美的歌声再次响起，马老师拿出钢笔飞快地记着。当关雨菁把歌唱完，马老师也记完了。这时，马老师坐在风琴前（那时我们没有固定的音乐教室，只有一架老式的脚踏风琴，哪个班上音乐课就由班里的男同学抬到教室，上完课再抬走）弹了起来，大家一听，就是刚才关雨菁唱的那支《洗衣歌》，弹完之后，马老师问关雨菁："我弹得对吗？"关雨菁兴奋的小脸红扑扑的，

连声说："对，对。您弹得太好听了。"同学们报以热烈的掌声。长大以后我参加了宣传队也唱歌，每次学一支新歌，先要识谱，再学歌词，挺麻烦的。可是当时马老师听两遍就能把曲记下了，真是不简单，真叫人佩服。由此可见，马老师的音乐功底是多么的深厚，从那时开始我就喜欢上了唱歌，这种爱好一直陪伴我几十年，不瞒您说，如今我也是一名小有名气的男高音歌手了。没事的时候唱唱歌，那感觉真的很不错。

别扯远了，还是回到童年时代吧。一天我们学习小组的几个同学准备写作业，我的一个同学王登坡来了，手里还拿着一份报纸，他兴奋地对我们说："你们看看，咱们的马老师在晚报上发表歌了，快看看，快看看。"我拿过一看，这是一份《北京晚报》，上面真登了一首歌，歌名叫《跳皮筋》，旁边写着：马庆麟词曲。啊，真是我们的马老师，他可真不简单啊：当时我们几个对马老师的敬佩之情就别提了。

1962 年，伟大的共产主义战士雷锋叔叔不幸因公牺牲，1963 年毛主席题写的"向雷锋同志学习"和老一辈无产阶级革命家向雷锋同志学习的题词发表了。全国上下掀起了学雷锋的高潮。我们学校也不例外，同学们纷纷行动起来，办板报，抄写《雷锋日记》，还走上街头，打扫卫生，擦洗公共汽车站牌，搀扶老人过马路，帮助军烈属扫地，抬水等。

一天下午上完音乐课，我和另外一名男同学去给马老师送风琴，看见马老师在画板上正画着一张雷锋像，那雷锋是用炭笔画的，已经画了多一半，非常像，我站住看了起来，马老师回过头来对我说："你也喜欢画画儿？"我点了点头说："是。"我发现画纸上有很多的小方格，就问："马老师，您为什么在上面打了许多小方格呢？"马老师对我说："这是方格放大法。"说着拿出手中的底样（雷锋的相片）让我看，果然上面也有许多小方格。马老师说："用这种方法能把人物画得更准确。方法很简单，先在底样上打出方格，然后按方格的比例在画纸上打出同样的数目，当然要放大，你看，这照片上是半厘米一个格，可到了纸上就变成了 5 厘米一个格，格放大了，格中的人像也放大了，这种方法对初学画画儿的人来说很有效，等你眼神手法都成熟以后，就可以不画方格了。不过大幅的作品还得用这种方法。"

本来我从一年级就喜欢画画儿，净画些小人书上的人物，什么孙悟空、猪八戒、关羽、张飞、岳飞、岳云等，到了四年级画得很是有模有样了，自

从跟老师学了方格放大法后，我的画报又上了一个新的台阶，那时我们学校很多班级里的墙报上的雷锋像都是我画的。

从那以后，我经常拿着自己画的画儿让马老师看，马老师总是耐心地给我指点，这期间我的画技明显有着大幅度的提高，有一次我问马老师："您是教音乐的，怎么画画儿您也很棒？"马老师笑着说："学无止境，多学一种本领是有用的。我希望你将来做一个对社会有用的人。"马老师的教诲让我铭记在心，对于我今后的人生之路起了至关重要的作用。

小学毕业前夕，我与马老师又一次谈话，马老师鼓励我好好学画儿，最后他拿出一套书，这是一套古典线装书，我一看书名才知道那是一套《介子园画集》，上、下两集，他说："我把这套《介子园画集》送给你，你要坚持练习，我相信你一定会成功的。"

1975年我走上了教育战线，当了一名小学教师，专教美术，一干就是35年。这期间我以马老师为一面镜子，严格要求自己，去做好各项工作。如今我已经桃李满天下了，虽然我已退休3年了，但至今还和我教过的学生保持着联系，他们逢年过节还来看我，这使我感到非常欣慰。

这一切都与我的启蒙老师，马庆麟老师有着密切的关系，啊！可敬可爱的马老师，您的学生永远感谢您！

胡同中那些快乐的小姑娘

过去的老北京,胡同多如牛毛,而胡同作为一种文化也有着深远的意义。在那些胡同记录着老北京人的喜怒哀乐,还有那令人难忘的往事……

我,一个"50后",生长在北京宣武区牛街地区一条普通的小胡同里,我有着幸福的童年,整天除了上学之外,就是一个玩儿,当然也干些力所能及的家务劳动,比如买东西、叫煤球儿、挑水、倒脏土等。

说到玩儿,我们胡同里的小男孩有着各式各样玩法的游戏,非常开心,非常快乐。而我今天要说的是我们胡同中那些小姑娘们所玩的开心游戏。

都在一条胡同住着,都是老街旧坊的,彼此都认识,至今我还能叫出她们的名字,比如英子、小莲、三丫、兰子等,她们的音容笑貌至今还留在我的脑海里。

我是男孩儿,可是对于女孩儿玩的游戏,耳濡目染地知道一些,今儿我就给您聊一聊她们所常玩的几种。

先说说踢毽儿,这是一种常见的游戏,在天气暖和的情况下,胡同里经常看见她们的身影,几个10来岁的小姑娘一起玩。她们玩的毽儿,都是自己做的(也有家长帮助做的),很简单,用两三个铜钱儿,找几根鸡毛(公鸡的尾巴毛),捆成一小捆儿,插到铜钱儿的方孔里,然后用一块布把铜钱里的鸡毛根部包上绑结实,一个毽儿就做好了。玩的时候,如果有4个人就分成两组,互相比赛看谁先获胜。她们脚下踢着,嘴里还唱着:"一个毽儿破四瓣,打花鼓卖花线儿,里踢外拐,八仙过海,九十九一百。"还互相给对方数着数儿,踢到100以后,还是"搞",这搞到现在我都不知道是什么意思,反正是用单腿踢,脚不许挨地,连踢5个就算过关,这一局就赢了,然后再重新开始。

最常见她们所玩的游戏就是跳皮筋了,那时在北京的小胡同里会经常看到她们的身影。这跳皮筋有很多种玩法,我今天介绍其中最简单的

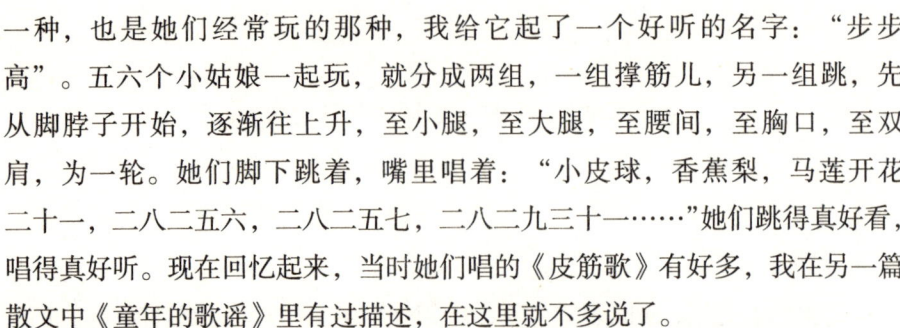

一种，也是她们经常玩的那种，我给它起了一个好听的名字："步步高"。五六个小姑娘一起玩，就分成两组，一组撑筋儿，另一组跳，先从脚脖子开始，逐渐往上升，至小腿，至大腿，至腰间，至胸口，至双肩，为一轮。她们脚下跳着，嘴里唱着："小皮球，香蕉梨，马莲开花二十一，二八二五六，二八二五七，二八二九三十一……"她们跳得真好看，唱得真好听。现在回忆起来，当时她们唱的《皮筋歌》有好多，我在另一篇散文中《童年的歌谣》里有过描述，在这里就不多说了。

在那美好的夏夜，北京虽然很热，但是也挡不住她们美好的身影，在胡同里七八个小姑娘玩着她们快乐的游戏，她们有时围成一圈儿，有时组成一个长队，嘴里唱着古老而欢快的歌谣："一钻家呀两钻家，打花鼓呀打几下，放花的呀水牛犄，小三小三进来吧。""卖锁呀卖锁，什么连锁呀黄连锁，什么开呀钥匙开，开开一个了呀，卖锁呀卖锁……"她们边玩边唱，非常有意思，还不时发出银铃般欢快的笑声，给北京的夜晚增添了无穷的情趣。看她们玩得开心的样子，真是一种享受，那可是地道的北京味儿啊！

在胡同里我还看到她们玩的许多游戏，如跳房子，就是在地上画上几个方格，用沙包或瓦片儿，从第一个方格起用单脚去踢瓦片儿，进入第二个格子，直到六个方格都跳完就获胜。如果跳坏了（瓦片儿出格或压线），就换另一个人，直到完成。

另外，还有"老鹰捉小鸡"啦，"丢手绢"啦，等等。我就一一说了。

冬天，天气冷了，屋里也是她们欢乐的天地，我知道她们常玩的游戏中，有一种就是"抓拐儿"。什么是拐儿呢？就是羊后腿的关节处有一块骨头，是不规则的方形。她们给羊拐儿的四面儿都起了简单的称呼，就是坑、鼓、歪、斜。牛街是回民聚居区，吃的是清真牛羊肉，所以羊拐儿找起来比较容易。她们把找来的羊拐儿先剔净，然后刷洗干净，晾干，还有的小姑娘给它涂上各种颜色，很是好看，四个羊拐儿为一副，攒够四个，再缝一个小沙包，就可以玩了。玩时几个小姑娘分成两组（这种游戏几个人都可以玩），在炕头上，在桌子上（夏天在胡同里住家儿的台阶上）都可以玩。玩时只能用单手。我多次看她玩抓拐儿，非常有意思，这个游戏凭的就是眼快、手快。我们院儿的英子和小莲玩得最好，玩的方法是：先用单手把四个拐儿撒在桌上，分坑、鼓、歪、斜程序，先从坑儿玩起，然后把沙包投向空中，利用瞬

间把它翻起,四个拐儿都翻成坑儿,最后再一把抓起,一个程序完成,再进行下一个,等把坑儿、鼓、歪、斜四面都完成了,这一局就算赢了。只见她们全神贯注,眼手的动作协调准确,眼睛和灵巧的小手互相配合,真是有意思极了!

还有一个游戏是翻绳儿,这个游戏两个人就能玩儿,用一根绳儿(毛线、小线儿都可以),把它接在一起,形成一个圆圈儿,就可以玩了,玩时一个人用两只手把线圈撑起来做一个造型(要撑紧),另一个人也用双手把它翻在自己的手上,也形成一个造型,对方再翻,周而复始,直到一方翻错,这一局就完了,再由另一个人撑绳儿,进行下一局。这个游戏要利用手指头的灵巧性,分勾、挑、撑、翻等动作才能完成,挺好玩的,真的!

我说的这些事,都发生在20世纪五六十年代,是自己的亲身经历。比如说"抓拐儿",现在的孩子别说没玩过没见过,恐怕连听也没听过。那只能算是一段历史,只能停留在记忆的长河里。

咱北京人爱吃面

北方人爱吃面食,如包子、饺子、馒头、花卷、烙饼、面条等,可以说是品种繁多,各具风味。

今天我主要说一说咱北京的老百姓所喜欢的饭食之一——面条,也就是常说的"吃面"。

说起咱北京人吃面,那可是一绝,真可谓是风味独特,别具一格。我记忆中吃过的面有:炸酱面、芝麻酱面、打卤面、水子面、热汤面、揪片儿、拨鱼儿、揪疙瘩等。

先说说炸酱面,咱北京人最爱吃的就是炸酱面,这可是咱北京的一大品牌,您不是经常看见大街上有"老北京炸酱面"的餐馆吗?就是如此。其实炸酱面就是咱北京人常吃的饭食之一,最普通不过了。无非是炸一碗酱,弄点菜码儿,一煮一捞就行了,没什么复杂的。我所会的做饭手艺都是跟老妈学的,耳濡目染中就学会了。不是有那么一句话吗:"穷人的孩子早当家",不是跟您吹,我第一次做饭时只有6岁,做拨鱼儿,结果做砸了,但毕竟还是做了。

我家祖居就在牛街,回民。而我,一个"50后",生长在一条普通胡同中的一个大杂院里。所以对于老百姓的饮食再门儿清不过了。

别扯远了,还是说炸酱面吧,记得小时候,老妈经常给我1毛4分钱说:"去,上聚宝源买二两肉,羊的,要肥的。今儿咱们吃炸酱面。"当我把肉买回来后,老妈就开始炸酱(这酱也是从宛记小铺买的,1毛钱的),先把羊肉切开,要切得碎一点儿,然后准备葱花、蒜片儿、姜沫儿。起油锅,锅里的油热了以后,先放入肉煸炒,肉变色儿后,再放葱、姜、蒜,煸出香味,再放上酱,最后放上盐,再加点水,用铲子不停地翻炒,这时锅里的酱咕噜咕噜地直冒泡儿,别着急,多炸一会儿,等香味出来了,就可以出锅了。酱炸好倒在碗里,由于肉肥,上面漂着一层油,看着就香。那时的菜码也简单,

切半棵白菜丝,用开水焯一下,捞出来放在盘里就行了。冬天里还可以切上一个"心里美"水萝卜丝,也是不错的菜码,还可以切成块儿就面吃,嘎嘣脆响,别有风味。夏天,干脆捞上一大碗过水面(过凉水),浇上炸酱,拿上一条整黄瓜,坐在院里的小板凳上,吃一箸子面,就一口黄瓜,那才美呢!再来上两根青蒜就更好了。吃炸酱面倒点儿醋,味道更佳,别忘了!

芝麻酱面味道也不错,夏天,北京的天挺热,吃上一顿芝麻酱面别提多爽了。首先要把芝麻酱化开,化芝麻酱的时候,千万不能着急,要用凉开水,一次倒上一点儿水,用筷子慢慢化,酱稠之后,再倒水,反复三四次,直至酱化得滋润了为止。记住,化酱的同时别忘了放盐。还要准备一个小碗儿,里面倒上酱油,然后用勺子倒上油放火上烧热,再放上几粒儿花椒,炸出香味,"刺啦"一声,倒在酱油碗里,香味儿就出来了,这也是浇面用的。然后准备菜码,如:黄瓜丝(块,就着吃)、青蒜末儿(段,就着吃)、萝卜丝(块,就着吃)、焯好的香椿末(段儿),把煮好的面过上凉水,过好之后浇上麻酱、酱油。再放上菜码儿,嘿,您就吃去吧,保证吃了一碗想两碗。

打卤面也是咱北京人爱吃的一种,冬天吃最好。过年时不是有那么一句话吗:"初一的饺子、初二的面",初二吃上一顿打卤面真是其乐融融。您忘了,当年陈佩斯、朱时茂二人表演的小品《吃面》,就是吃的打卤面。

打卤有讲究,先要准备材料:肉片、发好的黄花、木耳,还有葱、姜、蒜、鸡蛋、淀粉等。

做法:起油锅,倒适当油,油热后放肉片煸炒,肉变色儿后放葱、姜、蒜煸炒,出香味儿后放黄花、木耳煸炒,稍后放盐、酱油、五香粉(适量),再点点儿料酒,再放水(开水,放的多一点),锅开后甩鸡蛋(鸡蛋打开后,要一点儿一点儿地往锅里甩,要甩开,这样鸡蛋成片儿),然后用湿淀粉勾芡,再开锅卤变稠了,就可以出锅了。把卤盛至大碗或小盆里后,滴点香油(或炝点儿花椒油),最后在上面撒点香菜段或青蒜段,这色、香、味俱佳的卤就做好了。打卤面吃的就是那卤味儿,所以不能太咸,吃面时多浇一点儿,菜码相对简单,黄瓜丝或水萝卜丝都可以,您就吃去吧,保证香。您没见陈佩斯在小品中一口气吃了八碗(一小桶)呢!

余子面咱北京人也常吃,因为它方便、快捷。以时令菜蔬为主,什么菜差不多都可以做余儿,如茄子余、土豆余、西红柿余等,如果放肉做就是肉

尜儿，不放肉就是素尜儿。有一回老妈给我做了一回大葱爆羊肉尜，那才叫香呢！

热汤面一般都在冬天里吃，因为它热乎、快捷。做好喽也相当好吃，那叫香。比如说我们常吃的揪片儿，就是热汤面的一种。

做法：先把面和好，醒着，再反复揉几遍，直到筋道了即可。起油锅，油热后先把肉片儿放入翻炒，变色儿后放佐料（葱、姜、蒜）再煸，出香味儿后放白菜丁、土豆丁等，稍煸一下后放盐放酱油，再放开水（根据人数来放水），锅开后，把面团擀开（薄一点儿），切成条儿，然后往锅里揪片儿，都揪完之后，再煮一会儿就行了，最后在上面撒些香菜、韭菜，一顿热汤面就做好了。您就吃去吧，保证香。

我今天说的这几种面，都是咱北京人常吃的家常便饭，您不妨也做做，不单好吃，还能体验一下其中的乐趣呢！

醉 酒

我不是"贵妃",可我却醉了一回酒。

记得那是发生在1963年5月里的一件事。那年我12岁,上小学五年级。凡是上了点儿岁数的人都知道,那些年生活比较困难,粮食定量,副食短缺。所以人人都馋呀,我也不例外,不是有那么一句话吗:"半大小子,吃死老子。"我当时正是长身体的时候,老是吃不饱,肚子就像"松紧带",装多少东西都装不满,您说邪乎不邪乎。

记得那天是星期六,傍晚时候,老爸下班回家,对老妈说:"今儿个别做饭了,我今天刚开支,带小四去南来顺改善改善,顺便给你们买回来点儿肉炒饼,一会儿就回来,你们等着啊!"然后对我说:"小四,咱们走。"

那天我真高兴,您想呀,南来顺小吃店那么多好吃的,我得好好解解馋。一路上脑子里净琢磨都吃点什么呢?切糕、豆腐脑、肉饼,都不错,一样儿来点儿。从牛街到菜市口本来就没多远儿,脑子里又想事儿,一会儿的工夫儿就到了。

进了南来顺之后,里面灯火辉煌,人头晃动,熙熙攘攘的好不热闹。老爸这时看见一个50来岁的半大老头子,坐在一张桌子旁,桌子上摆着一升啤酒,还有两个小菜——油炸花生米、拌豆腐丝,正喝得起劲儿,于是上前打招呼:"哎哟,这不是王师傅吗?怎么着,您今个儿也来了!"王师傅也热情地和老爸招手:"来了,喝点啤酒,解解乏。"又指着我说:"这个孩子……"老爸赶紧说:"这是我的四小子。小四,快来,叫王伯伯。"我上前叫了一声:"王伯伯好。"王伯伯乐呵呵地说:"好,好,这小子挺精神。"我当时口里特别渴,想喝水,于是对老爸说:"我渴了,我去喝点儿水。"那时我们这帮孩子喝水太简单,渴了对着自来水龙头,咕咚咕咚狂喝一气,就解决问题了。这时王伯伯说:"渴了,我这儿有。"说着就给我满满地倒了一杯啤酒,我当时想也没想,以为就是凉水,于是端起来连气儿都没喘,一饮而尽。喝完之后,觉得不对味儿了,这不是凉水,是啤酒。您想,我长这么大,从来就没喝过酒,这一杯啤酒下肚,当时就坏菜了,只觉得心里发烧,脑袋发晕,站都快站不住了。当时王伯伯先是对着我笑,后来见我满脸通红,也觉得不好意思,忙说:"瞧瞧,这事儿闹得,这是怎么话儿说的……"

我那天都不知道怎么回的家,到家后什么也不想吃,肚子里发烧,只想在凉快儿地躺着,迷糊中在三哥的小北屋里,扯过一条褥子铺在地上就睡了,直到第二天早上才缓过劲儿来。

您说这叫什么事?什么好吃的啦,什么解馋啦,全都没了,玩了一场醉酒。不瞒您说,北京的老头儿逗小孩玩儿时,净出恶作剧,什么让小孩抽烟啦,什么让小孩喝酒啦,把小孩逗得连咳嗽带哭,他们才高兴。您说,有这么逗孩子的吗?我不管当时王伯伯是不是有意,反正我挺恨他的!没他这样的,整个儿一个没溜儿……

从那以后,我对酒起了敏感意识,到现在也不喝酒,逢年过节家人聚一聚,还真喝一点儿,像白酒闻着挺香,喝不多,每次三钱,最多半两。如果再多一点,就出问题了,脸也红了,心跳加快了,挺不好受,于是干脆就不喝了。

您说,我是不是得"感谢"那个王伯伯呀!

我爱读书

古人云：书中自有黄金屋，书中自有颜如玉……
现代人说：书是人们的精神食粮。
而我说：我的好伙伴，她叫书。

我是祖国的同龄人，生在新社会，长在红旗下，我感到非常幸福。我从小就听的是新广播，看的是新电影，而我的好伙伴——书，也悄然来到我身旁，伴随着我走上这风风雨雨的人生之路。

我的兴趣爱好比较广泛，而读书则是我最大的兴趣。

我爱读书，启蒙于我的兄长。我们兄弟四人，我是老小，大哥是转业军人，国家干部，二哥、三哥是普通工人。而他们的共同爱好，都爱看书，我就是受他们的影响，爱上读书的。

最初接触的是"小人书"，也就是连环画。那时我刚上小学，通常我们上午上课，下午在家写作业，老师给我们分了学习小组，一般情况下是三四个人为一组。我们的学习小组是四个人，我们每天一起上学，下午一起到组长家做作业。下午写作业是我们最快乐的日子，每当我们写完作业，就一块玩，做游戏，疯闹。最有意思的是组长家有许多小人书，每当写完作业，他就把小木箱搬出来，里面全是小人书，让我们自由挑选，他的小人书内容很杂，什么样的都有，可贵的是他有许多成套的，我在他家看到的有：《三国演义》60本，《水浒传》20本，《西游记》22本，等等。

再有接触的是"听书"，而不是看。在上世纪60年代初，通信条件没有现在这么先进，如果谁家有一个"话匣子"（收音机）就很不错了。我们住的是大杂院，院内住着8户人家，其中有个万伯伯，他在首钢上班，他家有一个收音机，每天中午12点和晚上6点，都有评书联播。夏天，每到评书联播时，他就把"话匣子"搬到院里，供大家收听。那时我正上小学，中

午放学急匆匆赶回家,就是为听评书。那真是听完上段想听下段。那时听过的评书有《烈火金刚》《平原枪声》《林海雪原》《野火春风斗古城》《敌后武工队》等。

随着年龄的增长,到了五六年级的时候,听书已经不过瘾了,于是就千方百计去借书看。同学、小伙伴、邻居,只要能借的地方,我都去借。从这个阶段到初中时期,我先后读了《红岩》《烈火金刚》《苦菜花》《红旗谱》《平原枪声》《林海雪原》《敌后武工队》等许多本。就是这些书,给了我潜移默化的教育作用,使我的思想得到了升华。

"文革"期间,我作为北京知青,到了宁夏生产建设兵团,开始近10年的知青生活。这段时间,除了毛选四卷,几乎无书可读。这对于爱看书的我来说,真是寂寞难耐。一次偶然的机会,我在一个老职工的家里,发现了一本残缺的《青春之歌》,就向他讨借,那老职工笑哈哈地说:"一本破书,本来是用来烧火的,你要看,就拿去吧。"我如获至宝,拿到宿舍就如饥似渴地悄悄看了起来,正当我看得起劲的时候,连部通讯员叫我到连部去一趟,原来我被人举报了。到了连部,指导员、连长都在,他们一脸严肃,对我"教育"说:"毛主席著作你不看,专看这些'大毒草'。念你是初犯,在班委会上做深刻检查,保证以后不再看。"就为了看这本破旧的书,心里很不痛快。书不但没收了,还要做检查,这叫什么事?

随着粉碎"四人帮"后,十年浩劫结束了,人们好像搬掉了压在心里的一块大石头,可是心里的创伤不是一下能平的。

1978年12月18日,党的三中全会胜利召开,总设计师邓小平制定了改革开放的伟大方针,从那一天开始,中国人民在党中央的正确领导下,昂首阔步迈向社会主义新时代。

那时的我心里别提多高兴了,先是我走向教育战线,当了一名光荣的人民教师,再就是娶妻生子,过上了稳定的家庭生活。

祖国的各条战线欣欣向荣,人民的生活越来越好。爱看书的我真是如鱼得水,所以我决定,每月拿出10元钱买书。那时(80年代初)我的工资是57元,完全有能力。那时的书也便宜,一本长篇小说,如《林海雪原》才1.2元。在以后的日子里,我先后买了梦寐以求的红色经典书,如《烈火金刚》《平原枪声》《红岩》《林海雪原》《敌后武工队》等,又买了《三国演义》

《红楼梦》《水浒传》《西游记》四大古典名著，以及《说岳全传》《杨家将》《呼家将》和三言两拍等古典名著。

90年代初，我调回北京，被分配到北京昌平区继续担任教师工作。工作之余，双休日去逛街。当然，新华书店、书摊是我最爱去的地方。每逢地坛书市，我也总是去光顾，精心挑选自己爱看的书，然后提着沉甸甸的书，去挤公交车，再回到昌平的家中，虽然很累，但心里非常高兴。随着时间的推移，我的书越买越多，现在我的两个大木箱和一个书柜，都装满了书。我敢说：我的精神食粮是无比的丰富。

我爱读书，我爱书，每当我买到一本新书，心里就格外兴奋，看着那精美的封面，整齐的包装，翻一下飘着墨香的书页，那一刻的美妙感觉就油然而生。回家后用画报纸仔细地给书包上书皮，然后存放起来。

我爱读书，读书对我来说是一种享受，饭后，沏上一杯香茗，点上一支香烟，拿出一本书，仔细地阅读，那感觉真美，就像神仙般的飘逸。

我爱读书，读书对我来说是一种乐趣。每当看到书中的高兴处，自己不禁笑出声，有时看到悲伤处，自己陪着书中的人物落泪。有时看到紧张处，就会为书中的人物捏上一把汗，有时看到书中的不平处，就会脱口而出：这个人真应该枪毙！难怪妻子总是说我"魔怔"。

我爱读书，书给了我神奇的营养。我是教小学高年级的课任教师，主要课目是思想品德、地理、历史（后改为社会）。除了教学大纲规定的教学任务，我在讲课中穿插一些平时看书积累的知识，讲给学生们听，起到了良好的教学效果。所以，学生们都爱听我上课。因此，连续两年我被评为"学科带头人"。

我爱读书，书给了我巨大的能量。我读书不只是图热闹，书中有很多知识供我学习，比如作家的写作手法，书中写人、写景的绝妙佳句，都丰富了我的头脑。这些都给我业余写作提供了巨大的能量。

现如今，我已经光荣退休，生活中，读书成了我每天不可缺少的一件事。

写到这里，就要停笔了，我要告诉大家，尤其是青年朋友，用你的业余时间去读书吧，读好书，她会给你带来无穷无尽的欢乐。

回族民居
摄于牛街教子胡同

把握青春

啊，我喜欢柳

啊，我喜欢柳

美哉，昌平的山

一只小鸟的自述

集香烟盒子的苦与乐

相聚在无锡

西施蜡像

相聚在无锡

牛街琐忆

我的钢镚儿情缘

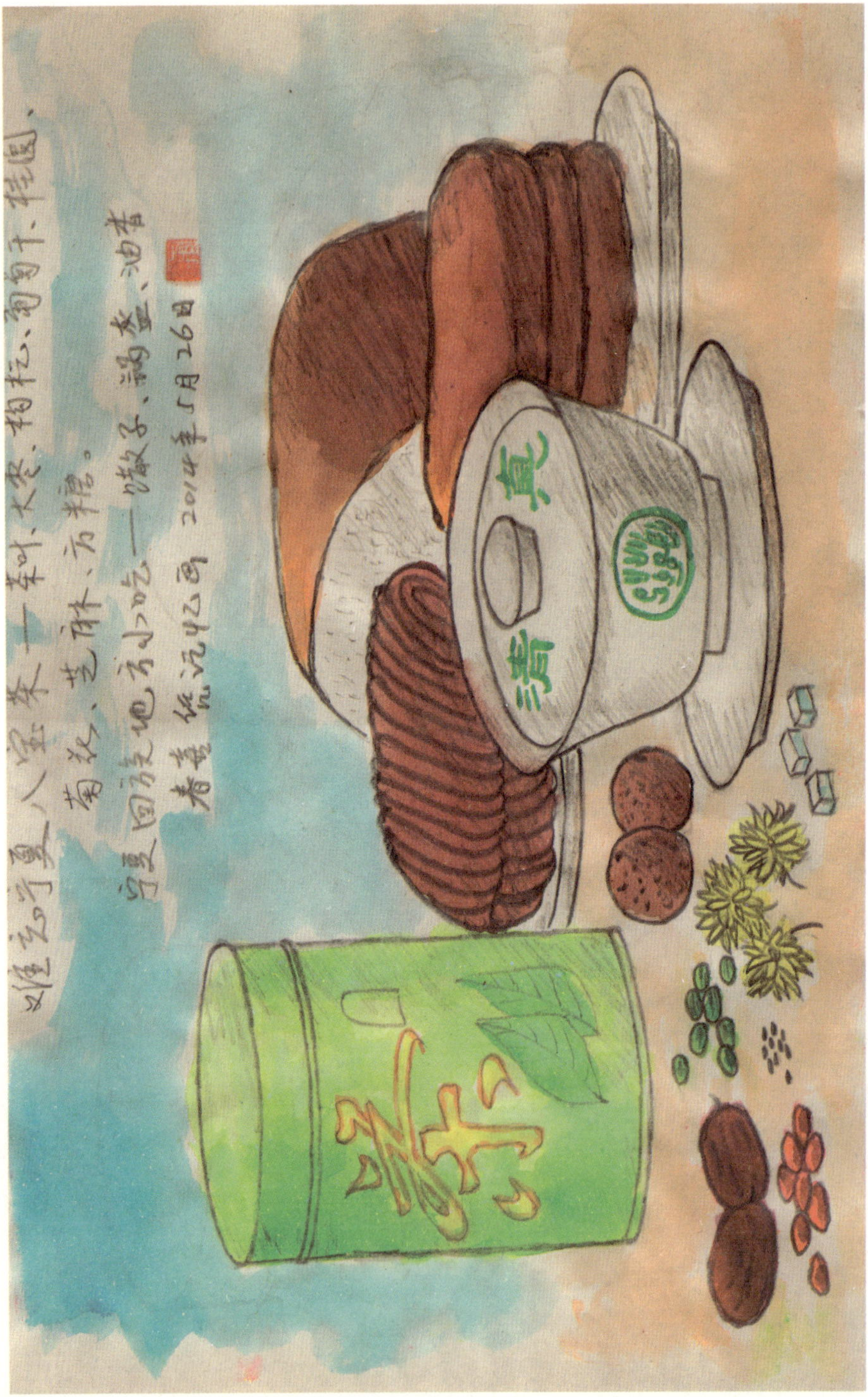
难忘宁夏八宝茶——茶叶、大枣、枸杞、葡萄干、桂圆、
菊花、芝麻、冰糖。
宁夏回族地区小吃——馓子、锅盔、油香
春燕 依记忆画 2014年5月26日
清真
茶

难忘宁夏“八宝茶”

学洗相片的乐趣

牛街琐忆

蟒山红叶分外红

三八礼赞

好一场春雨

下辑

闲情琐记

把握青春

一年之计在于春。春天孕育着新的希望,使秃秃的杨柳枝丫吐出了嫩芽——一点点绿的新生。春天使大地解冻复苏,小草悄悄地钻出地面——准备给大地换上新装。

春回大地,春光明媚,春情如火,春满人间……人们渴望春的来临,啊,春天真好啊!

记得20世纪90年代初,4月里的某一天,《北京日报》刊登了一张题为《青春》的大幅黑白照片。照片上一位年轻的姑娘,身穿一件风衣,但没系扣,里面一件白色紧身薄毛衣,下穿一条合体的牛仔裤,脚蹬一双白色旅游鞋,手里拎着照相机,正兴致勃勃地登山而上。画面中的她,披肩长发随风飘舞,脸上挂满灿烂的笑容,看上去浑身上下充满了青春的朝气。再配上蓝天白云以及山坡上的野花小草,真是美极了!

这是春天的美,更是年轻的美。看了这张照片,我由衷地感叹:春天真好,年轻真好啊!

光阴似箭,日月如梭,悠悠岁月,转眼已过半百。回首一望,自己年轻的时候,没有惊人的创举,只是平淡如水。现在想起,觉得有些失落。年轻的金色时光被我虚度了很多,真后悔啊。但毕竟踏踏实实地干了几十年工作,教出去的学生一批又一批,这也是我唯一感到欣慰的。

年轻真好,它像春天那样灿烂。至于"年轻"的定义,按现在青年年龄段的划分,应该是18—35周岁,而这段时间是人生最美好的时光。我们千万要珍惜它。事业上要打下结实的基础,以后的人生道路上才会助你走向辉煌。

当然,因为人的智商的高低和各种不同的情况,人生路途中会出现差异,但无论怎样,只有掌握一定知识和某项技能技巧,自己能在社会上立足,不当伸手派，不做"啃老族"，通过自己的智慧和力量换取劳动报酬，才能活得硬气，活得理直气壮。

比如有的人想出名，又想挣大钱，又要报考影视圈、文艺界，又想当这个家那个家的，还有的人说什么这个工作不适合我，那个工作挣钱少，这个工作我不喜欢，那个工作太累等借口，就是不能踏踏实实地去工作。要知道，天上不可能掉馅饼，还正好砸在你的脑袋上。如果不按自身的条件，去做那些漫无边际的幻想之事，只能是盲人摸象，浪费自己的青春。到头来只能是竹篮打水一场空。

年轻真好，像春天那样美好。无忧无虑，充满了活力，充满了幻想。我多么想重新回到那金色的时光啊！

那幅题为《青春》的照片，虽然发表的时间记不清了，而且报纸也没保存下来，但那生动的画面，却永远留在我的脑海里，永远也不会忘记。

（发表于 2013 年 4 月 10 日《京郊日报》）

啊，我喜欢柳

> 碧玉妆成一树高，
> 万条垂下绿丝绦。
> 不知细叶谁裁出，
> 二月春风似剪刀。

这首《咏柳》出自唐代大诗人贺知章的手笔，他高度地赞美了柳树的形态和风格。

我喜欢柳，因为它是报春的使者。随着春天的脚步，在万树丛中，是它第一个吐出嫩嫩的细芽，接着又长出细叶，三三两两的小燕子在柳丝之中穿来穿去，"叽叽、叽叽"欢快地叫着，去迎接着春风的亲吻。

我喜欢柳，因为它是温馨的呵护神。随着夏天的来临，天气渐渐地热了。柳树在微风中舒展着它那柔软的枝条，像温柔的少女一样翩翩起舞，用它那婀娜多姿的身影，给大地洒下一片树荫。树荫下，一对对幸福的情侣在轻盈漫步，畅谈着美好的人生。年轻的爸爸妈妈带着他们的小宝宝在它的身旁尽情地嬉戏。老爷爷手里托着心爱的小茶壶，在柳荫下讲着那古老迷人的故事，孩子们围在爷爷周围，个个眉开眼笑，听得津津有味……

我喜欢柳，因为它是忠诚的卫士。几场秋雨后，天气越来越凉了，秋风萧萧，杨树、槐树、枣树等等的叶子随风起，从树枝上纷纷落下。而柳树，它的叶子依然碧绿，在秋风中柳枝依然舒展，直到秋末冬初，它才站完最后一班岗。

我喜欢柳，因为它是美的化身。即使在严寒的冬天，它也不甘寂寞。一场初雪过后，树上落满了雪花，经寒风一吹，又形成了树挂。在我眼中，柳树的树挂是最美的，那条条的柳枝变成了银白色的棒棒，纷纷垂下，就像童话中的八音钟一样，又像是放大的风铃一般，看后真使人流连忘返。殊不知，在这冰凌的世界里，柳树正蕴育着一片生机，待到明年春风吹来的时候，它

会第一个把绿色带给人间。

　　常言说："有心栽花花不成，无心插柳柳成荫。" 这句话的意思是：诚心诚意地去办一件事，结果没办成，而无心办的事，无形之中却成了。如果从字面上来讲则又反映了一个事实：花不好养，而柳树却容易栽活。当年知青上山下乡到边疆去，有一项工作是挖修渠道。渠挖好后，只要把一节柳树楔子插进渠边的土里，几年之后，这条渠就是绿柳成荫了。知青的生活是艰苦的，可是，一场雨后，你如果到柳树林里转一圈，就会采到很多的柳蘑，那白白的、肉肉的柳蘑，味道真是鲜美，给知青生活增添了不少情趣。

　　我喜欢柳，是因为它把美好和绿色带给了人们，历代的文人墨客无不对它赞赏，因此也给后人留下了优美的诗句和丹青。也因为它是那样普通，到处可见，在平凡中默默地奉献着自己的一生。更可贵的是它那坚韧不拔的精神。无论是在景色秀丽的江南水乡，还是在风沙弥漫的塞外边疆，只要你把它栽在土里，它就会生根、发芽，以自己坚强的生命力去迎接那绚丽的人间。我多么希望，我们所有的人，或多或少地都有点柳树的精神，那时，我们的人间会变得更加美好。

　　啊，我喜欢柳。

（发表于2003年3月6日《昌平周刊》）

美哉 昌平的山

我爱山。

我也看过许多著名的山。

我感叹泰山的雄伟，华山的险峻。

我赞美黄山的秀丽，桂林的多姿。

可我最爱的还是我们北京昌平的山。

随着人们生活水平的提高，旅游也成了一种时尚。尤其是一年中有了"五一""十一"两个旅游黄金周，更为我们创造了旅游的条件。有人说："去外地旅游好是好，可是要花很多钱，我没这个条件。"也有人说："去外地旅游花钱不说，主要是路途远，既然玩，肯定休息不好，我没这个精力。"要我说："如果您不具备去外地的条件，不妨到我们昌平来，那可是真山真水。真可谓山清水秀，鸟语花香。定会使您流连忘返，玩得开心。"

说起昌平的旅游景点，那可真不少。而这些个景点，以山的美为一大特色。

虎峪自然风景区，一条峡谷夹在两山之间，顺着峡谷沿着山脚而上，转过一个山凹，就是一个美景，使人感到格外的新奇，格外的惊喜。望着头顶蔚蓝的天空，翠绿的山峰，呼吸着新鲜的空气，真是心旷神怡。

银山塔林风景区，坐落在昌平的东侧，那里古朴神奇，景色秀美。参观塔林后，就可以享受登山的乐趣，那里景色秀丽，风景怡人，保您不虚此行。

要说好，还要说蟒山了。

昌平镇就坐落在蟒山脚下，这不能不说是我们昌平人的福气。

蟒山一年四季景色不同，各有风趣。

春天，春姑娘给蟒山披上一层层绒绒刺绣的一幅风景画，其间点缀着五颜六色的不知名的野花，显得分外妩媚。

夏天，蟒山变得郁郁葱葱，站在十三陵水库的大坝上，放眼望去，水中

倒映着蟒山的雄姿，迎着水面吹来的凉风，一天的暑气全消，真感到惬意万千。

秋天，是蟒山最好的时光，人们都说香山的红叶美，如果您到了蟒山，会使您大吃一惊，蟒山的红叶绝不比香山的逊色。那层层的红叶把蟒山渲染得格外亮丽，在秋风中像跳动的火焰，更有那金色的梧桐，碧绿的苍松翠柏点缀其间，使人赞叹不已。沿着石阶盘旋而上，其乐无穷，登上山顶，放眼四看，整个昌平尽收眼底，使人不得不感叹大自然的美妙。

冬天，一场大雪把蟒山打扮得分外妖娆，在那银装素裹的世界里，它像一条白色的巨龙俯卧在昌平境内，又像是随时会腾空而起，带着我们昌平人的心愿，奔向那美好的未来。

此外，著名的旅游胜地，居庸关长城、明十三陵等，也在我们昌平的群山中。

欢迎您到我们昌平来，来看看我们昌平的美景，看看我们昌平的山，那时候您一定也会和我一样，从心底发出由衷的赞叹。

美哉，昌平的山！

（发表于 2003 年 2 月 10 日《昌平周刊》）

一只小鸟的自述

我是一只快乐的小鸟。

我又是一只最普通的小鸟。

我的名字叫麻雀，小名叫家雀（音巧）儿，也有人管我叫家苍，我还有一个不好听的外号——"老家贼"。

我的家族可大了，只要是适合我们生存的地方就有我的家族存在，我生长在中国，至于外国有没有我的家族，这点我还真不清楚。由于我们不属于"珍禽"，实在是太普通、太普遍了，所以科学家们没对我们作过准确的统计。我们经常三五成群，有时还一大帮在一起觅食，自由自在地生活着。在城市、在农村到处都能见到我们的身影。

提起我的家族，听老一辈的讲，也曾经受过磨难。那是发生在20世纪50年代末的事，人们把我们和老鼠、苍蝇、蚊子定为"四害"。这下可惨了，在"除四害，讲卫生"运动中，我们遭受到了空前的浩劫，人们用汽枪打、用弹弓射、用网扣、用药毒。还全民动员敲锣、敲盆，摇晃小旗，嘴里大呼小叫，吓得我们无处落脚。累死的、吓死的、打死的、毒死的、饿死的不计其数。

其实把我们定为"四害",真是冤枉了我们,我们麻雀主要的食物是害虫,像庄稼地里的害虫,树木上的害虫,只要被我们看见就绝不放过。我们一只麻雀一年能吃数千条害虫。可是到了冬天,我们没地方找害虫吃,只有找些草籽、干果来充饥,有时也到田地、场院捡一些被人们遗漏的粮食,如谷物、麦粒等来吃。常言说:"老天爷饿不死瞎家雀儿",实在饿急了,又找不到食物,有时也会偷吃一些人们储存的粮食和其他食物。我想这也是我们被人们称为"老家贼"和定为"四害"的原因吧!

直到90年代初,科学家们经过研究,认为我们是益鸟,是人类的好朋友,因此为我们彻底地平了反,让那该死的臭虫上了"四害"的名单榜。

第二次遭劫是在20世纪八九十年代,人们听信"宁吃飞禽四两,不吃走兽一斤"的说法,个别人就想尽办法来捕捉我们,他们把一张大网拴在我们经常飞过的地方,非常隐蔽,不容易发现。就这样我的家族有时一群一群地被粘在网上,拼命挣扎也无济于事,变成了人们或炸或炒或烧或炖的美味佳肴。看到同伴们的惨死,我的心里别提多难受了。

到了90年代后,我们的情况逐渐好了起来,国家颁布了《野生动物保护法》,不许他们再滥捕滥杀野生动物,当然也包括我们鸟类。人们把野生动物分别定为一级、二级、三级等级别,有关部门分别查封整顿了花鸟市场,惩治了那些鸟贩子和不法之徒,根据级别制裁了他们。我们麻雀虽然谈不上有级别的类型,但是,从此再不用提心吊胆地过日子了,心里真是高兴。

我们生得不是很漂亮,但我们小巧玲珑,不是有那么一句话吗:"麻雀虽小,五脏俱全",就是对我们的概括。我们没有五彩斑斓的羽毛,但我们身上的颜色和大地、树木有着相同的色调,因此显得很朴实,又因为我们群体庞大,与人们朝夕相处,对人们很熟悉,所以人们很喜欢我们。因此,我们也成了画家笔下的模特,别说,我们上了国画之后,显得也蛮可爱的嘛!

可是近十年来,我感到有些不对劲了,我们家族中的亲戚、朋友有的得病了,出现了什么叫"三高"的病,我的下一代也出现了问题,比如过于肥胖,骨头发软,羽毛也长得慢,学飞时间拖长,等等。经过族长们研究,最后得出结论:吃的、喝的存在问题,环境也有问题。我也有同感。比如有时飞到城市上空,就觉得胸口憋闷,喘不过气来,空气中还有一股怪味。后来

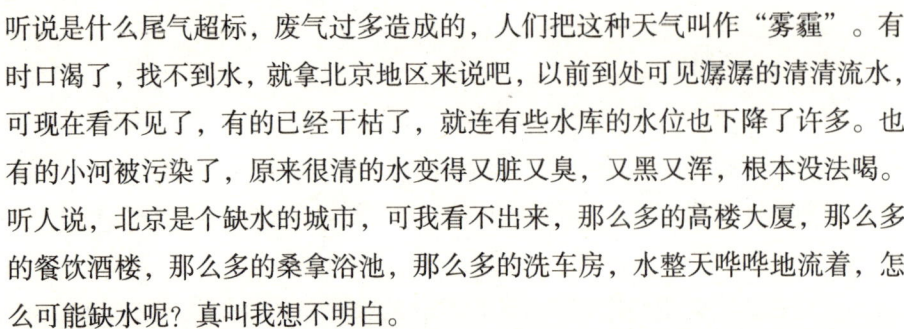

听说是什么尾气超标,废气过多造成的,人们把这种天气叫作"雾霾"。有时口渴了,找不到水,就拿北京地区来说吧,以前到处可见潺潺的清清流水,可现在看不见了,有的已经干枯了,就连有些水库的水位也下降了许多。也有的小河被污染了,原来很清的水变得又脏又臭,又黑又浑,根本没法喝。听人说,北京是个缺水的城市,可我看不出来,那么多的高楼大厦,那么多的餐饮酒楼,那么多的桑拿浴池,那么多的洗车房,水整天哗哗地流着,怎么可能缺水呢?真叫我想不明白。

近期,情况又有了好转,人们也认识到了问题的严重性,比如说:现在的气候就有些乱,夏天连续高温不断,俄罗斯在咱们北边,过去首都莫斯科的温度最高也就在30℃上下,可去年一下子就到了38.9℃,真把人热坏了。这还不算,印度的夏天温度高达42.3℃,听说还热死了人,多可怕。去年的冬天,我国南方地区,包括云南、贵州、四川出现了大面积降雪和冻雨,而且时间长、雪量大等一系列情况,听着都觉得稀奇,就连外国也闹腾,美国大雪不断,英国、法国也都大雪连天。此外自然灾害不断,什么地震、泥石流、水灾、旱灾,等等。这些都值得人们深思。这也告诉了人们一个道理,谁破坏大自然,大自然就会惩罚谁。

所以,人们呼吁,挽救大自然,挽救人类,提倡低碳生活,注重环保。中国早在十几年前就先后制定了《环境保护法》《森林法》等有关法律条文,并大力提倡植树造林,栽花种草。国家投资建造了大型污水处理厂,每年处理污水几十万吨,各大企业的科学家、技术员和工人一起对烟道进行改建和废烟治理。

只要我们大家共同努力,从我做起,从小事做起,我们的家园就会变得天更蓝,水更绿,我们的家园就会越变越美。那时我们飞翔在蓝天上那是多么的快乐啊!

我每天用歌声送走晚霞,又用歌声迎来黎明,我们要与人类一起,为共建美好家园贡献自己全部的力量。

(发表于 2011 年 5 月刊《新城区印象》)

集香烟盒子的苦与乐

现如今,人们的业余生活丰富多彩,爱好也就多了起来。就说收集这一项吧,有集邮的(这是一个大家族),有集字画的(没有经济实力不行),有集钱币的,有集火花的(火柴盒),有集商标的,真是举不胜举。

而我却偏偏喜欢收集香烟盒子。说起收集香烟盒子的苦与乐,真有说不完的话。

先说说这苦。记得我收集香烟盒子是从20世纪60年代开始的。那时,作为北京知青,我和同学们一起到了祖国的大西北的宁夏生产建设兵团。那时我们都还很小,由于想家和别的原因,男知青们都先后学会了抽烟。我从小就喜欢美术,手上已经有了一些功底,知青连队要出一些宣传栏,报头插图都出自我的手。在那个年代,画出的报头也要"紧跟形势"。在一个偶然的机会,我发现他们抽完的烟盒上有我需要的图案,从那时候起,我就开始收集烟盒了。先是捡,到后来他们知道我要烟盒,就主动给我留着,如果我发现商店来了新烟,就买回来,烟给他们抽,自己要烟盒。回北京探亲,也没忘记收集烟盒。记得有一次,到西单商场去买东西,我发现马路旁边有一个烟盒,于是就捡了起来,这时过来一个戴墨镜穿格衫的人,走到我旁边说:"哥们儿,捡到什么好东西了,见面分一半。"说着一把从我的手里抢去,发现是一个空烟盒时,气哼哼地说:"呸!真他妈的晦气,一个烂烟盒!"说着一下把烟盒扔在地上,又踩了一脚,扬长而去。我再一次捡起烟盒,用手抹了抹上面的尘土小心翼翼地放进兜里。

再说说这乐,结束了10年的知青生活,我走上了教育战线,当了一名小学教师,并于1990年调回北京,在昌平区继续任教,这期间我收集烟盒的乐趣仍在继续。

要说这香烟盒上的图案真是包罗万象,有画、有字、有色彩。画的种类

繁多，有国画、水彩画、水粉画，等等，内容包括山水人物、花鸟鱼虫、飞禽走兽、城市乡村、高楼桥梁，等等。字的种类大致可分为两种：一种是书法形；一种是美术形。书法形包括行、楷、篆、隶、草、魏碑等；美术形包括仿宋、黑体、各式各样的变形体等。

  我把我所收集的烟盒，大致按年代排列好，分别装册，一册为普通烟盒，（这类烟盒市场上已经绝迹了），一册为过滤嘴烟盒（有的已经绝版了），至今已经收集了两大本。硬质的烟盒由于不好保留（太占地儿），所以不在我收集的范围之内。

  如今，我已于去年光荣退休，闲来无事，就常拿出来把玩一番，翻开这两本集烟盒册，仿佛使人进入一个丰富的艺术世界，仔细欣赏，细细品味，真给人以美的享受。

  总之，收集香烟盒子给我带来的是——乐大于苦。

（发表于 2011 年 9 月刊《新城区印象》）

"四"与"八"趣谈

"四"与"八"只是我国的两个普通汉字。又是两个普通的数目字。

然而，在改革开放的今天，90年代，一些人却给它们蒙上了一层封建迷信的外衣，说"四"字与"死"字谐音，不吉利。而"八"字却大受青睐，因为它和"发"谐音。

据在电话局工作的朋友说，电话号码是带"8"字的特吃香，都争着要。一般的号码也可以。就是带"4"字的电话号码无人问津。又如，某些商品的价格定在8888、888、88，等等，无非是要"发、发、发"，去迎合某些顾客的心理。就连5月18日这天，到银行存款的人都特别多，不为别的，就为这个音："吾要发。"

"四"字真是不吉利吗？其实不然。我国古老的文化中，就有"四书五经"之说，南宋朱熹著的《四书集注》被奉为儒家的主要经典。街上的买卖店铺大都贴上"生意兴隆通四海，财源茂盛达三江"的对联，以招揽生意。如果再住上四合院，四世同堂子孙满门，那更是享受到天伦之乐了。

再翻开字典，对"四"字的解释更加清楚，什么"四面八方""四通八达""四平八稳"，等等，看来四和八还有不解之缘呢！所以，我认为四和八并没有褒贬之说，它只能作为一个普通的汉字或数字使用。真正要发，不论各行各业，都要靠我们勤劳的双手，去奋斗，去拼搏。

（发表于1995年11月1日《北京晚报》）

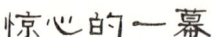 牛街琐忆

惊心的一幕

今年的中秋节和国庆节紧挨着。儿子开着自己新买的大众车和女儿及小外孙是中秋节那天从市里到我这儿来的。他们都在市里工作，而我和老伴儿住在昌平。平时他们都很忙，难得来一趟，双节的八天小长假是多好的机会呀，可以放松地玩上一玩。在家里热闹了一天，说明天到哪里去玩，小外孙已经上小学二年级了，吵着要看动物，最后决定去八达岭野生动物园。

10月1日，秋高气爽，阳光明媚，真是一个好天气。

儿子开车，我坐在旁边的副位上，后排是老伴、女儿和小外孙。我们走的是京藏高速，路上虽然车很多，但很顺利，没发生堵车事件。沿途的美景美丽异常，山清水秀，那郁郁葱葱的山上，出现了点点片片的红色，看来离观赏红叶的时期已经不远了。在这好心情的感染下，不到一小时就到了八达岭野生动物园。

说实在的，以前看动物只是在北京动物园看过，动物都是圈养的，野生的还是头一次看，买好门票后，我们就开车驶进了园内，临进园时，工作人员还一再提醒我们，要关紧车的门窗，以免发生意外。进入猛兽区，首先看到的是几只白虎，这几只白虎有的趴着，有的不停地走动，我们的车在离它们有50米的地方停下来，不敢再往前开了。说实话，还真有些瘆人。小外孙吵着要拍照，我提醒他不要大声吵闹，以免把老虎招过来。看完了白虎再往前走就到了狮园，那狮园里到处都是狮子，大约有几十只，它们分别分布在各处，有的卧着，有的溜达。我一看，敢情这些狮子都是散养着，真够吓人的。有一只雄狮，竟走上了公路。离我们的车只有几米远，我真有点肝儿颤[1]，赶紧督促儿子快点开车走。儿子只笑一笑，说："没事。"

驶出了狮园，又进入了熊园，事情就发生在这里。熊园里到处是熊，大小不等。它们三三两两地到处走动，很可爱。我赶忙拿出相机，连拍了几张。

---

1 肝儿颤：北京土话，害怕的意思。

这时有几只熊已经走上了公路，朝我们车前走来，其中有一只熊（体型不小），竟然扒上我们的车。可能是疏忽的原因，车门上的窗户玻璃没关严，留下了一道缝儿，熊就利用这个缝儿，爪子扒住玻璃往下按，我急忙让儿子赶忙关窗。可能是慌乱的原因，窗户不但没关上，反而"哧"的一声又落下一截，这时熊把它毛茸茸的头伸了过来，我和熊来了个几乎是零距离的对视。我看到它那金黄的圆眼睛，毛茸茸的脸，感觉从它嘴里呼出的腥臭的热气。还有扒在窗上的大爪子，清楚地看到那爪上一寸多长尖尖的指甲。别看儿子已经快30岁了，照样把他吓得够呛。他大声喊叫着，离开了座位，向我身上挤，躲闪着大熊。您想，车里才多大点地儿，儿子一靠过来，我连动一动都很困难。何况我手里拿着相机，即便就算我拿根棒子也无济于事，怎么也腾不出手去对付熊。女儿和小外孙也大声喊叫，还好，熊这时放下了它的大爪子，四肢落地了。儿子赶忙按下关窗的按钮。然后把车倒出来，脱离了险地。

这以后，我们又游览了其他景区，看到了许多的动物，在这里就不一一细表。事后回到家，余惊未消，儿子深有感触地说："真把我吓坏了，当时腿都软了，太恐怖了。"我说："这叫有惊无险，不过，这也是好事，让你长记性，干什么都要仔细，千万不要再发生类似的事情了。"

我这篇小文，说是一篇游记，也不尽然。如果是那样就成了记流水账，毕竟经历了一场有惊无险的小插曲，有着惊心的一幕，同时也提醒各位看官，如果您要到野生动物去玩时，千万要把车的门窗关闭紧，不要发生我们经历的特殊情况，更不要存在侥幸心理，切记，切记！就是这件事儿，到现在想起来还有些后怕呢。

（发表于2012年第三期《军都文苑》）

相聚在无锡

四月的江南真是美不胜收。

在这大好的春光里,6日的早晨我和女儿登上了北京至无锡的高铁动车"和谐号",真快呀,只用了5个小时,就到了江南名城——无锡。

这次无锡之行有三个目的:第一,去看望我那像亲姐姐一样的老同事夫妇。第二,几个共同一起工作了20多年的老同事都相聚在无锡。第三,游览江南美景。

到了无锡之后,见到了老姐姐一家人,真是感到亲热无比,毕竟我们已经20多年没见面了,盛情款待自不必细说,就是那离别之后的亲切话语就好像总是说不完。别的不说,看到我那老哥哥老姐姐身体那么健康,精神头儿那么好,我心里高兴万分,他们根本不像70多岁的人,就像60岁出头的中年人。嘿,真棒!

从第二天开始,我们几个由老哥哥老姐姐领着,开始了无锡的旅游。我来无锡可以说是大姑娘上花轿——头一次。首先介绍一下老哥哥他们家的位置,他们家在无锡市的吴桥东路古运河小区禾嘉苑。这里的风景就非常美,用南方话说:"好得不得了。"站在家里的阳台上(老哥哥家是在9层楼房),就能清楚地看到古运河的风景,宽阔的河面不时地有船行驶,微风吹动的水面不时泛起层层的波纹,远处的山峰在水汽中显得朦朦胧胧,啊,好一派江南美景!顺便说一句,无锡最大的天主教堂就在老哥哥家的旁边,在家里就能清楚地听到那神圣的钟声。

我们今天要去的是观赏灵山大佛,坐在车里沿途观赏着无锡的街景。这里的街景与我们北京有着很大的差别,它给我的印象是:街道干净、整洁,现代化的楼房不像北京那样拥挤,高层建筑错落有致,一簇一簇,或三五座,或七八座,造型各异,色调搭配合理,显得很美、很雅致。绿化、美化环境相当到位,有花、有树、有草,把无锡装扮得千姿百态,万紫千红,非常亮丽。

车穿过一条长长的隧道后，又沿着太湖继续前进，望着窗外美丽的太湖，耳边仿佛又想起了《太湖美》那熟悉优美的歌声。辽阔的太湖烟波浩渺，远处的水面与天空连在一起，显得浩瀚无比，很壮观。

到了灵山之后，这里会聚着四面八方的游客，熙熙攘攘，热闹非凡，随着人流我们观赏了灵山圣地，这里的佛像很多，不少的善男信女虔诚地上香跪拜祈祷。我也随着人流排着队去摸了摸那铜佛像，沾点佛的灵气，不求发财，只求有个好身体。最让我震惊的是：这里有据说是世界上最大的佛，它坐落在灵山之上，高度有80多米，再加上底座的20多米，整个大佛有100多米高，仿佛是站在云端里，很雄伟、很壮观，又显得庄严肃穆，让人敬仰。我急忙拿出相机，按下快门，拍下了这一壮观景象。

第三天，老哥哥又带我们去了鼋头渚渤公岛去游玩，这里有山有水，花团锦簇，美不胜收。我们赶上了好季节，看到了美丽的樱花，这里的樱花树高大粗壮，满树满枝的樱花开得非常灿烂，很壮观，吸引着众多的游人纷纷拿着相机在不停地拍照，从相机的形状来看，有的好像是记者，我也不失时机地拍了几张。其他的花我叫不上名来，有大红、粉红、鹅黄、粉白等各色花朵争芳斗艳。再配上那嫩绿的垂柳，碧绿的冬青，真是让人看不够、爱不够。

第四天，老哥哥领着我们去了蠡园，那里又是一番景象，鲜花、绿叶、小桥、假山、古色古香的庭院、长廊，那真是景中有水、水中有景。我们又坐上了游船去了湖心岛，在那里有著名的西施园，我们兴致勃勃地游览整个园中美景，观赏了园中的古色古香的园中建筑，欣赏了美丽的西施姑娘蜡像。整个园充满幽静迷人的感觉。

四天时间非常的短暂，是在不知不觉中悄然度过的。

啊，美丽的无锡，真是让人向往，让人流连忘返，她是那么的美好，那么的迷人。这次的无锡相聚，会使我终生难忘。有机会我一定会再来无锡，去看望我那老哥哥老姐姐，再来游览那迷人的美景。

再见，美丽的无锡！

（发表于2012年第2期《老年之声》）

我的钢镚儿情缘

说起我和钢镚儿的情缘,要追溯到20世纪90年代中期,那时我在京郊的一所小学任教,教的是高年级的《思想品德》和《社会》,其中四年级的《社会》课中,有一节课是让学生们认识人民币,为了让学生们更牢固地掌握知识,我利用业余时间去寻找钢镚儿,争取全班近30名学生每人都能有几枚1分、2分、5分的钢镚儿,在课堂上让学生们认识人民币和钢镚儿的价值与互换关系。

本来很普通的一件小事,做起来却有一定的难度,因为那时钢镚儿利用率不大,在逐渐退出人们的视野(尤其是孩子们)。举一例。有一次我对学生们说:"我小时候5分钱能吃一顿早点,3分钱一个火烧,2分钱一个焦圈,把火烧掰开,把焦圈往里一夹,别提多香了。"可学生们说:"老师,您别瞎说了,5分钱掉在地上都没人捡。"您听听,这就是学生们的概念。为了教学,我还去得找钢镚儿。我先到银行去换,那里的人真多,我一瞧,算了吧,排队得好长时间,这儿有没有钢镚儿还是个问题。到超市去换,那里也没有,他们采取四舍五入制,最小的单位是角,钢镚儿就用不上了,还好我家住的地方,有一个先决条件,楼下就是一个早市,卖菜的、卖零七八碎的很多,于是我就去找他们去换,功夫不负有心人,通过我的努力,还真换到了不少的钢镚儿,解决了我上课没有"教具"的难题。

通过这件事情之后,我与钢镚也就结下了情缘,在以后的日子里,凡是我买菜、买东西时别人找我的钢镚儿我都存起来,从90年代初到新世纪开始时,我已经存了不少的钢镚儿。我老伴儿那时也支持我,给我找钢镚儿,这里也有她很大的功劳。闲时和亲戚、朋友、同事聊天时,才知道钢镚儿也是收藏品的一种。

说到收藏,我是门外汉,一来没有那么多的时间;二来也没有那种经济实力，那古玩、玉器、名人字画儿想都不敢想。得，还是弄点儿不花钱或少花钱的玩吧。我觉得收藏钢镚儿就不错，闲来无事，我把钢镚儿彻底地整理了一下，先把他们分类。1分、2分、5分的分别放在一起，然后按年代排列，结果我发现从50年代到70年代的钢镚儿色泽光度都比较暗，发灰白色；而80年代以后的钢镚儿色泽鲜明，光亮度高。我不懂金属，也不知道它们到底是什么材料制成的，仅此而已。

记得90年代中期，社会上流传着这样一个信息，说某某年代出的1分、2分、5分的钢镚儿，能值很多钱，结果我按他们说的去查，我所存的钢镚儿连一个都没有。看来小道消息是不太准确的。

由于喜欢钢镚儿，我连1角的、5角的、1元的钢镚儿也存，不多，按年号每个年代只存1枚，不图别的就是一个玩儿。

有的人对我说，你存的钢镚儿千万别花，以后肯定会升值，老伴也说过类似的话。每当这时候，我就对老伴说："等着吧，以后升值了，我把它卖了，发了大财我给你买一套大房子。"老伴说："那要等到什么时候？"我笑笑说："别着急，也许10年，也许20年，这我可说不准。"老伴白了我一眼："就你会臭贫。"

（发表于2013年3月22日《昌平报》）

难忘宁夏"八宝茶"

我的祖居是北京宣武区的牛街,牛街之所以有名,因为那是咱北京回族的聚居地。

回族都有喝早茶的习惯,我也受家庭的影响,对茶有着特殊的嗜好。每天早晨起床后,洗漱完毕,先沏上一杯茶,美美地喝上一口,细细品味,那浓郁的茶香,顿时满口生津,头脑清醒,真是说不出来的舒畅。

20世纪60年代中期,作为一名北京知识青年,我与同学们一起来到了祖国的大西北——宁夏,先是当兵团战士,后来又当了教师,一干就是近三十年,直到1990年才调回北京。

宁夏可以说是我的第二故乡,那里有我的同事、朋友,还有我工作多年的单位;宁夏又是回族聚集的地方,那里的人们勤劳、朴实,而且热情好客。这一切都使人流连忘返,最使人难忘的还是宁夏的一大特色——八宝茶。

八宝茶顾名思义,是由八种原料组成的,即:茶叶、枸杞、桂圆、红枣、果干、葡萄干、芝麻、方糖。

八宝茶乃是当地回族传统茶饮,具有浓厚的地方特色和民族风味,究其渊源已有几百年的历史。据了解,第五次人口普查资料表明,宁夏百岁老人多于其他少数民族,其长寿秘诀之一就是长期饮用八宝茶,可见,八宝茶对人体内多种疾病有明显疗效并具有保健作用。

顺便说一下,宁夏八宝茶要用盖碗来沏,那洁白精亮的碗,配上古朴的图案,盖子上还有清真经文,更加突出了地方民族特色。

记得那是1972年的秋天,那时我还在宁夏生产建设兵团,我从连队被抽调到团部写作组,担任一组材料的美工设计。一天组长让我和另一位写作人员小黄到贺兰县的黄渠桥公社了解一些材料,吃过早饭我和小黄一人骑一辆旧的二八自行车就出发了。

牛街琐忆

那时的宁夏农村公路哪儿来的柏油路呀,全是石子路或土路,骑车走在路上那叫一个颠,骑着骑着就听得哧的一声,我的自行车前带好像被什么东西扎了,一下子就没气了,只好推着走。小黄舍命陪君子也跟我一起推着车走。

那天的秋老虎还真厉害,走得我俩是又热又累又渴又饿,好不容易到了前面的一个村,于是我俩拐进了进村的土路,在一家当地老乡家停住了脚步。院子里传来了狗叫声,狗叫声惊动了屋里的主人,这时从屋里走出一个50岁出头的老汉,他紫红色的脸膛,头戴一顶回族特有的小白帽,他首先喝住了大黄狗,然后操着方言问道:"你们干啥?找谁?"我连忙把情况说明,他听后满面笑容地说:"原来是北京娃,稀客,稀客。"说罢连忙把我们让进屋里,得知我是来自北京的牛街时,他更是高兴得合不拢嘴,连忙说:"听说过,北京的牛街都是穆斯林,那里的清真寺是最好的,大得很。看来你也是穆斯林,好,好,咱们是一家人啊!"我说:"天下回回是一家嘛!"他笑着说:"说得是,说得是。"他先叫出儿子(一个20多岁的壮小伙,头上也戴着小白帽),让他把我的车修一下,然后让老伴(一个50岁左右的妇女,头上罩着黑包头)在炕上放一个小木炕桌,并吩咐老伴先沏上两个盖碗子,然后我们就畅谈起来,这时的盖碗子也闷得差不多了,我们打开盖碗,鼻子里闻到的是浓郁的茶香,眼里看到的是红艳艳的枸杞,白滚滚的桂圆,红彤彤的大枣,炒得金黄的芝麻……啊!这就是正宗的宁夏八宝茶吧,喝上一口,真是又香又甜。随后他的老伴又给我们摆上了回族特有的小吃——炸馓子、炸油香、烤锅盔。这时我们忘记了旅途的劳苦,美美地吃了起来。

当我们吃饱喝足后,自行车胎也被他儿子补好了,并且打足了气。我和小黄非常感谢他们一家对我们的热情招待和帮助。临走时我掏出五元钱给他(对现在的人而言,五元钱微不足道,可当时的五元钱,那可是钱呀。),他怎么也不肯要,最后我还是硬塞到他手里,他激动地说:"北京娃真好啊!"

匆匆几十年过去了,至今还难忘那一次招待我们的宁夏的八宝茶,每当想起八宝茶,仿佛嘴里还有茶的余香。

喜欢喝茶的朋友们,如果您有机会到宁夏出差或旅游,千万别忘了品一下宁夏的八宝茶呦!

(发表于2013年5月10日《昌平报》)

糖酥馍

糖酥馍是宁夏具有地方民族特色的小吃之一，也有人叫它糖酥饼。它是一种面食制品，是用铁饼铛烙出来的，类似北京的烧饼，但又与烧饼截然不同。

我是一名北京知青，于1965年与同学们一起到了宁夏生产建设兵团，那时我才15岁。记得那是1966年的7月，繁忙的麦收刚刚结束，连里给我们放了三天假，我和几个同学一起到银川去玩。第一次去银川，感到非常新奇，看什么都有新鲜感，它虽然比不上首都北京，但毕竟是一个地区的首府，有着它特有的气息和特色。

漫步在银川的街头，忽然在一个小吃店里发现了一种食品，长方形，挺厚实，有一巴掌大，焦黄焦黄的，表面起了皮（是那种酥皮点心才有的皮）。一打听，才知道这种食品叫糖酥馍，于是我们每人买了一个。还别说，这糖酥馍吃到嘴里，又甜又香，又酥又软，用现在的话说，味道好极了！

临回兵团连队时，我们每人都买了几个，用纸包好，带回去慢慢享用。等回到连队，把糖酥馍从包里拿出来，包糖酥馍的两层纸都油透了，可以说第一次吃糖酥馍就给我留下了深刻的印象，觉得宁夏的糖酥馍真不亚于北京的鸡蛋糕。

1970年，由于我画儿画得好，被抽调到团部宣传股，专门画毛主席像。在此期间我和机关食堂的大师傅混熟了，他姓马，宁夏人，和我一样也是穆斯林（回族），他50岁上下，非常和蔼可亲，常年戴一顶小白帽（礼拜帽），他知道我是从北京牛街来的，对我特别好。

有一次，我跟说起了糖酥馍如何如何好吃，他自豪地说："做糖酥馍是我的看家本事，你想吃吗？哪天我做给你吃。"我说："马伯伯，这糖酥馍是咋做的？"这一问勾起了他的兴趣，他高兴地说："明天，明天下午4点多钟，你来食堂我教你，这个东西一看就会。"

第二天的下午4点多钟，我来到食堂，马伯伯见我来了非常高兴，对

我说:"咱们现在就开始,第一要先准备馅。"他手里拿一个小盆,边讲边操作,他先把糖和白面按比例调好,再把油(胡麻油)烧开后放凉,用油把糖和白面和好备用,这时大盆里的面已经发好,他把面倒在大案板上,放上碱,反复地揉,直到揉好为止,然后把铁饼铛烧热,这个饼铛有些怪,大约有50多厘米长,40多厘米宽,高有6——7厘米,像一个长方形的大铁盒子,上面还有一个盖儿。这时老马师傅用刀从大块上切下一块,揉成条儿,又做成一个一个均匀的小块,一个个地擀成皮,用面皮包上事先调好的糖馅,像包包子一样包好,再用擀面杖擀开,左右一折,再擀开,再上下一折,再擀开,就这样一个长方形的糖酥馍的雏形就做好了,最后在已经烧热的大铁饼铛上刷上油,把做的馍形整齐地码放在里面,盖上盖儿,大约五分钟,饼铛里滋滋作响,香味儿跟着飘了出来。马师傅打开盖,用铁铲把糖酥馍翻了一个个儿,又盖上盖儿。这期间他继续做馍坯。又过了一会儿,香气越来越浓了,马师傅再次打开盖儿,糖酥馍做好了,它们一个个长大了好多,互相拥挤着,铺满了饼铛,焦黄焦黄的散发着迷人的香味。这时马师傅的脸上笑成了一朵菊花,他把烙好的糖酥馍用铲子铲到一个笸箩里,又铲出一个递到我面前,笑呵呵地说:"尝尝,吃吃看,我的手艺咋样?"我接过热腾腾的糖酥馍,咬上一口,顿觉满口香甜,连声说:"好吃!好吃!您的手艺太棒了!"

就这样,我学会了烙糖酥馍。后来我成家立业,并于1990年调回北京工作。这时期,什么时候想吃了,就自己烙上一次。由于烙的次数多了,我的手艺也越来越好,尤其回北京后,还接长不短地烙上一次,并送给邻居们品尝,看到他们高兴的样子,我的心里乐开了花。

(发表于2013年5月22日《昌平报》)

学洗相片儿的乐趣

我是一名北京知青，20世纪60年代时"上山下乡"到了宁夏生产建设兵团，开始了知青生活，一干就是10年。

我有个兵团战友，也是我的好朋友——袁鹤禄。说起这个人也许有人知道他，他就是北京新闻电影制片厂的解说员，著名的纪录片《地震》就是他解说的。他还解说了多部纪录片，在这儿我就不一一说了。

在做知青的日子里，我和他无话不说，聊一些北京的风土人情和趣事。由于知青的生活比较艰苦，人都馋呀，我们聊得最多的都是北京哪儿的东西特好吃，什么全聚德的烤鸭啦，什么又一顺的涮羊肉啦，什么东来顺的奶油炸糕和红烧黄鱼啦，南来顺的切糕豆腐脑啦，总之，越聊越勾起肚子里的馋虫，盼望探亲假快点到来，回北京好好解解馋。

闲话少叙，言归正传。还是说说我们一起探亲假回北京的一段往事吧。那是1972年5月的时候，我们都二十郎当岁儿，整天除了吃就是玩儿。而今儿个说的洗相片就是其中的一项。我大哥有一部老牌"海鸥"120相机，功能非常好，我经常拿来玩儿，每当我和哥几个出去玩儿都拿上它，至于玩的地方无非是北京的各大公园，什么北海、颐和园、天坛、中山公园、动物园、香山等地。照完之后拿到照相馆去冲洗。一次我们游完了北海公园，袁鹤禄对我说："今儿晚上你来我家，咱们洗相片儿。"我问他："这相片也能自己洗吗？"他冲我一笑："这有什么，到时候你就知道了。"

晚饭后，我骑车来到他家，这时天已经黑了，他已经准备好了洗相的工具：三个小盆儿，一双筷子，两块10厘米见方的小玻璃和一块大一点的玻璃，还准备了一个台灯。他先把屋里的照明灯换上了一个小红灯泡，打开开关，这时的屋里整个变成了悠悠的红色。接着就忙开了，他跟我说："这洗相片其实很简单，但一定要用红灯，如果用白灯，就跑光了。"接着又分别指着三个小盆说："这三个小盆一定要记清楚，第一个小盆是显影液，第二个小

盆是清水，第三个小盆是定影液。"他边说边干，分别用温水化开显影粉和定影粉。然后又拿出黑纸包裹的相纸，按要求用剪子把相纸裁剪成所需要的相片大小的块儿，又用黑纸包好备用。然后对我说："这筷子一定要干净的，最好是新筷子。用镊子也行。下面咱就开始。"就看他把事先剪好的胶片拿出一张，然后拿出一张相纸，把胶片放在相纸上，用两块小玻璃夹住，拿到台灯下，按下开关，片刻亮光一闪（也就是2——3秒钟）后关上台灯，把小玻璃里的相纸放进显影的盆子里，他拿起筷子夹住相纸在水里慢慢晃动，啊，奇迹出现了，相纸上渐渐地显示出图像，先是淡淡的，慢慢地清晰起来，直到变得非常清晰，黑白有致。他夹出相纸，先在清水盆里涮了几下，然后再把它放进定影盆中，一张洗相程序就完成了。

在整个洗相过程中，他是边说边操作。不是吹，我是何等聪明，马上就学会了。自己亲手试洗了几张，效果还真不错。

最后，他把定好影像的照片，从定影盆里捞出，又放入清水中涮洗干净，分别放在一块较大的干净的玻璃上，用一块干净的毛巾挤压，擦干净水迹，对我说："就这么简单，明天早晨相片就干透了。"

自从跟袁鹤禄学会洗照片后，我就到菜市口文化用品商店，买来显影粉、定影粉和洗相纸，自己洗相片。在原来的基础上，把感光用的小玻璃用黑纸条贴成小框架，有正方形、长方形两种，这样洗出来的相片就和照相馆里洗出的相片一模一样了。

光阴似箭，日月如梭，匆匆几十年过去了，袁鹤禄和他教我的洗相片作为一段往事，永远存在我大脑中的记忆库里，虽然只是一段小插曲，却让人回味无穷。我如今已从教育战线光荣退休，在北京昌平地区生活得很好，至于袁鹤禄我也很长时间没见他了，但愿他也和我一样，生活得幸福美满，我衷心地祝福他！

（发表于2013年8月刊《军都文苑》）

蟒山红叶分外靓

风景秀丽的蟒山，就在我们昌平境内。

蟒山的风景一年四季各有特色。且不说它春色秀美，也不说它夏日葱绿，还不说它冬装素裹，这里只赞美它秋天的亮丽。

秋天在一年四季里是最好的季节，人们赞美秋天是"金色的秋天"，说的是秋天是收获的季节。田野里稻谷金黄，果园里枝头累累，池塘里鱼跃莲香。秋天的气候在一年里最好，不冷也不热，真可谓是秋高气爽，大有"天高云淡，望断南飞雁"之豪情。

秋天是观赏红叶的最佳时期。人们都说香山红叶最美，如果您到了蟒山，会使您大开眼界，蟒山的红叶丝毫不比香山的逊色。

驱车来到蟒山脚下，站在十三陵水库的大坝上，向蟒山遥望，亮丽的蟒山展现在您的眼前。此时的蟒山被红叶覆盖，秋风吹过，就像一簇簇跳动的火焰在阳光下闪耀，又像一个漂亮的新娘，穿着红色的嫁衣，等待着新人揭开她那神秘的面纱。

此时此刻，万山红遍层林浸染的蟒山，衬托在蔚蓝的天空，碧绿的湖水之间，显得分外妖娆，真像一幅美丽的风景长卷。

走近蟒山，进入蟒山森林公园，眼前又是一番景色。

此时的红叶林就在您的面前，这里有黄栌、火炬树、五角枫、柿树、杏树、柞树、栾树、地锦等10多种树种，它们变幻出各种美丽的色彩，紫红、大红、橙红、橙黄、金黄，它们各自展示自己的风采。其间点缀着碧绿的苍松翠柏，真是美不胜收。

沿着台阶攀山而上，别有一番情趣，一边登山，一边欣赏"霜叶红于二月花"的美丽景色。回首一望，啊！您会惊奇地发现，远处山峦层层的山峰似火，近处的山谷山脊被花团锦簇的红叶覆盖，好像在群山的包围之中，真有"只缘身在此山中"之感。此时此刻心里好像敞开了两扇窗户，倍感心旷

神怡，面对群山真想大声呼喊，又想高歌一曲。

　　据《北京晚报》10月18日报道"本市推出14处红叶观赏点"，我们昌平蟒山森林公园排在第四位。而10月15日至30日为最佳观赏期。您可千万不要错过机会，到我们昌平的蟒山公园来看看，保证您不虚此行。那时您也会和我一样，从心里发出由衷的赞叹：蟒山红叶分外靓！

（发表于2012年10月29日《京郊日报》）

希望看到这个广告的续集

写下这个题目,大家一定要问:广告还要有续集吗?这是什么样的广告?那我就告诉大家,这个广告就是在中央电视台播放的公益广告——《有时间多陪陪孩子》。

在这个不长的广告里,表现的是一个初上小学的小姑娘第一次获得一张奖状后,迫切盼望见到爸爸的心情。广告从三个点表现了小姑娘的迫切心情,一是门铃声,二是汽车声,三是脚步声,表现了小姑娘的心情由喜悦到失望,由失望到伤心的过程——无论是搓动的小脚丫,还是卷动奖状的小手,以及顾不上穿鞋的情景,都恰如其分地表现了小姑娘的迫切心情。最后打出字幕:有时间多陪陪孩子。多么可爱的小女孩!这个广告拍得真好,真感人。

常言说:"女儿是妈妈的贴心的小棉袄。"而我说:"女儿是爸爸心中的小公主。"我既满足又高兴,因为我也有一个"小公主"。

现在社会已经进入了信息时代、网络时代,年轻的爸爸都很忙,但不要忘了,你还有一个家庭,那里是幸福的港湾,那里有盼望你归来的亲人,更重要的是要多陪陪孩子。因为他(她)不单是你的骨肉,他(她)还是祖国的花朵、祖国的未来。

这个广告续集应该拍出以下内容:年轻的爸爸夹着公文包,或在单位或在车上,拿着手机、桌上文件、台历的特定,然后接电话(反复),推掉所有不必要的应酬如饭局、酒局、牌局、洗(桑拿)局、玩局,等等,最后满面春风地往家赶。在开门进门的一瞬间,他蹲下身子,张开双臂做拥抱动作,随着一声甜甜的童音:"爸爸——"他高兴地说:"爸爸回来了。"最后定格,打出字幕:"我要抽出时间多陪陪孩子。"

您看,我这个广告续集的创意还可以吧!

(发表于 2011 年 12 月 15 日《中国电视报》)

"北京话"就是让您爱听

2012年11月28日《北京晚报》刊登了一则题为"语委寻找地道北京话"的报道，作为一个老北京人的我读起这篇报道来倍感亲切，尤其是标题引首语写出：隔壁念"界壁儿"，淋湿读"轮湿"，蝴蝶叫"互铁儿"，出彩虹说"出杠子"。还甭说，真是那么回事。

文章中说，为抢救、保护北京的语言文化遗产，北京语言文字工作委员会启动中国语言资料有声数据库建设项目，用多种方式，全面采集北京话原始数据。文章中又说："虽然全国人民都在说普通话，但真正的北京方言说的人越来越少。""近三十年间，人口流动迁徙频繁，语言交互影响明显。如今说地道北京话的人并不好找。"您说，作为一个老北京的我看了这篇报道能不感动吗？

说起咱"北京话"我也有一肚子话想说，首先咱"北京话"有着特别突出的特点：吐字清晰，婉转动听，节奏适中，通俗易懂。所以普通话中强调"以北京语音为标准音"就是这个道理。

咱"北京话"除了上述所说，还有一个特点就是——让您爱听。比如北京人爱说个"您"字，这个字让人听起来倍感亲切，比如俩人一见面的问候语："吃了么您哪！""您这是上哪去呀""您悠着点儿"，等等。尤其是对长辈更是如此。它和"你"字有着根本的区别，如果一个小辈老说"你你"的，老辈的人就不爱听："这孩子说话没规矩，怎么老是你我他仨的。赶明儿见着他大人得好好地絮叨絮叨。"您听，就这一个字儿差别多大呀！

"北京话"还有些读音很有特色，除了报纸上说的还有很多，如：蜻蜓叫"老琉璃"、麻雀叫"家雀儿"、蝉叫"唧鸟儿"、鸡蛋叫"鸡子儿"、火柴叫"取灯儿"或"洋火"、肥皂叫"胰子"（香皂叫"香胰子"）、蝙蝠叫"夜么虎"，管破旧不结实的东西称为"管儿唠"、把论理叫"掰哧"、把说闲话叫"叨唠"或"絮叨"等。还有的字或词外地人是完全听不懂的，如"吾的"，北京人常挂在嘴边上，是地道的北京方言，是"等等""之类""什

么"的意思，如："买个篮子，装点东西吾的。"还有一些词挺有意思的，如"姥姥"，表示否定，如："姥——姥，他敢，让他来。""六侯"表示轻蔑，如："六侯，甭听他瞎吹！""能干儿"表示有本领，如："他不是挺能干儿的吗？他怎么不敢来了。"等等。

还有一个特点是"北京话"中儿化音用的较多，把今天说"今儿个"，明天说"明儿"，睡个小觉说成"打盹儿"，散步说"溜弯儿"，还有什么"眼镜儿""板凳儿""马扎儿""耳挖勺儿"吾的，海了去了，您慢慢儿琢磨去吧。

咱北京的文化底蕴源远流长，除了地方方言地道的北京话以外，还有"相声""数来宝""叫卖""儿歌""童谣"吾的以北京方言为基础的北京语言文化。就像文章中说的："如果现在不做这个工作，几十年后，老北京话可能就消失了。普通话要推广，但也要给方言传承的空间。"

（发表于2012年12月5日《北京晚报》）

有滋有味儿的"北京话"

现在全国都在推广普通话,而且北京近30年涌进大量外地人,他们大都是来北京创业谋生,成了新型的北京人,使北京的人口猛增。他们大都说普通话,不信,您走在大街上听吧,天南海北的什么语调都有,真正说北京话的人却越来越少了。

说起咱北京话那真是有特色,说出话来让人爱听,有意思,听起来有滋有味儿的。比如,北京人说出话来,前面总爱加一些虚词或副词,如:"哎哟……是您哪,我可有段儿时间没见您了,怎么着,您还好吧!"又如:"哎哟哎……小祖宗儿,瞧你这一身泥哟!"又如:"哟呵……怎么着,就这么地了!"又如:"姥——姥,他敢,让他来!"又如:"敢——情,那儿的炖牛肉就是地道!"又如:"得得得,您甭说了,我全明白了。"又如:"不是,这话儿是怎么说的,这东西怎么说没就没了,真邪行!"类似这样的话很多,我就不"又如"了。您听,这北京话有点意思吧!

再一个特点,在声调和节奏上也有不同。比如我上面说的那些虚词和副词,头一个字短,第二个字拉长声儿,如:"哎哟……""哎哟哎……"。有的头一字是长音,第二字短,如:"姥——姥""敢——情",有的是轻声,如"不是……",而"得得得……"又是重音了。北京话有了这些语气、语调,您听起来是不是有味儿?

要说有味儿,还得听北京的吆喝,那才够味儿哪,地——道!

附带说一点儿老话:"敢情",这个词北京人常说,一种解释:表示惊讶或惊奇,如:"我说昨儿晚上这么冷呢,敢情夜里下了大雪了。"另一种解释,表示情理明显,不必怀疑。如:"办个托儿所吗?那敢情好。"还一种解释,表示称赞。如:"敢——情,这玩意儿就是地道!"

还有一些,如:把没有办法说成"没辙"。把一点点说成"一丢丢儿"。把梳妆打扮叫"捯饬"。把难看叫"寒碜"。把不明事理称为"浑得鲁儿"。最有意思的是把蝌蚪叫"蛤蟆骨朵儿",蜗牛叫"纽弯儿"或"水妞儿",

这哪儿挨哪儿呀！

咱老北京人最重礼节，说话特客气，如"劳驾"一词。"劳驾，把那本书递给我。""劳您驾，替我写封信吧！""劳驾，请您让让。"又如"借光"一词。"借光，让我过去。""借光，跟您打听点儿事，上百货大楼怎么走呀？"再又如：借钱不说借钱，说"拆搭"。如："老太太不合适了，得瞧瞧去，您拆搭我点儿，过后儿我就还您。"您听，这话多好听！

总之，北京话有着深远的根源，让我们把它传承下去，这也是为语言文化做出的一大应有的贡献。

（发表于2013年2月6日《昌平报》）

"三八"礼赞

又到"三八"妇女节了。

1909年3月8日,美国芝加哥女工因要求男女平等权利而举行示威,为了促进国际劳动妇女的团结和解放,次年8月,国际第二次社会主义者妇女大会决定,每年的3月8日为"妇女节",也叫"国际妇女节"。

在我国,关于男女平等,毛泽东主席早在1955年《妇女走上了劳动战线》一文中就强调指出:"为了建设伟大的社会主义社会,发动广大妇女群众参加生产活动,具有极大的意义。在生产中,必须实现男女同工同酬,真正的男女平等,只有在整个社会的社会主义改造过程中才能实现。"

人们常说:"妇女能顶半个天。"这话说得真好!

我国的妇女也真是争气,远的不说,单是新中国成立以来,我所看到的、听到的关于妇女的问题,真是让人耳目一新。她们在祖国的方方面面如工业、农业、军事、科技、文艺、体育等都起到了不可忽视的作用,并建立了卓越的功勋。她们当中谁是第一位女拖拉机手?谁是第一位女火车司机?谁是第一位女飞行员?谁是第一位女航天员?

20世纪60年代初,我知道了第一位从城市下乡到农村的女知青邢燕子。知道了在大寨战天斗地的英雄中的铁姑娘的队长郭凤莲。知道了为了保护国家财产与烈火搏斗英勇牺牲的向秀丽……这些闪光的名字影响了整整一代人。

随着时间的推移,到了80年代,体育界爆出了冷门,中国女排在国际大赛中接连取得了五连冠的优异成绩,那时的人谁不知道郎平、孙晋芳、张蓉芳、周晓兰等女排的姑娘们,真是为祖国争了光,为国人争了气,增光添彩,震撼寰宇!

喜欢体育的人都会知道,一夜之间我国的体育界出现了阴胜阳衰的局面,不论是体操、游泳、乒乓球、射箭、举重等各个项目,中国的姑娘们确实打出了威风,连连摘金,真是了不起!

喜欢读书的人都知道莫言，摘取了诺贝尔文学大奖，为国人增了光。但我相信他们一定知道许多的当代女作家为我们奉献的精神食粮，如铁凝、叶广芩、迟子建、裘山山等，她们写的文学作品大可让您一饱眼福。

喜欢军事的人都知道，在中国军队强大的阵营中，女兵也是一个不可忽视的群体，还有民兵也是如此。毛泽东主席在1961年就写出了著名诗词《七绝·为女民兵题照》："飒爽英姿五尺枪，曙光初照演兵场。中华儿女多奇志，不爱红妆爱武装。"这首诗高度赞扬了女民兵的风采。人们不会忘记在新中国成立60年的阅兵式上，女兵方队特别引人注目，那整齐的步伐，威严的口号，唱响了女兵威武豪迈的精神风貌。

就在最近，我国的"神九"再次飞向太空，在三位宇航员中就有一位第一个飞向太空的女航天员，她的名字叫刘洋。巾帼英雄，了不起！

喜欢文艺的人，尤其是喜欢歌曲的人都知道郭兰英、王昆、王玉珍、才旦卓玛、殷秀梅、李谷一、宋祖英、韩红等一大批女歌唱家，她们为人们带来了多么大的欢乐啊！这些是用语言说不尽的。我还知道舞蹈家杨丽萍，那舞跳得绝了，您不妨去亲眼看一看就知道了。

以上我所说的都是名人，其实，在我们日常生活中，许多工作都有女人们的身影。她们当中有工人、农民、播音员、编辑、教师、医生、护士、空姐、售票员，等等，在这些平凡的岗位上工作着，默默地奉献着她们的力量和汗水，她们才是让人尊敬的人。

在我国有着优美的传说，自盘古开天辟地，女娲娘娘炼石补天，跟着又创造了人类，包括男人和女人。他们在这块土地繁衍生息，一代一代传承下去，并创建了这美丽的家园。可是千百年来，广大的劳动妇女生活在水深火热之中，头顶着四座大山（多出一个"夫权"大山），受尽了剥削和压迫，只有在新中国她们才扬眉吐气，和广大的劳动人民们一样过上了当家做主的好生活。

母亲是伟大的，母爱是高尚的，在这人类美好的家园里，有着她们辉煌的功勋。人们把伟大的祖国比作母亲，把伟大的党比作母亲，是多么的贴切啊！殷秀梅的一首歌《党啊，亲爱的妈妈》，道出了人们的真情，阎维文的一首歌《母亲》唱出了人间的真爱。蒋大为的一首新歌《最美的歌儿唱给妈妈》，道出了人们的心声，受到了广大群众的喜爱，并迅速传唱。

去年的"三八"节,媒体把"妇女节"称为"女人节",我觉得真不错,"女人节"这个称呼,把这个节日变得更美了,更有人情味了。按我国的年龄段划分来说,18周岁就成为成年人了,所以,18岁以上的女人都应该享受这个节日。

我赞美妈妈,赞美我的姐姐妹妹,赞美我的爱人,赞美我的女儿,赞美天下所有热爱生活的女人。最后用一首打油诗,畅发一下自己的感受和对她们的爱:

女人生来一枝花,婀娜多姿真潇洒。

我用诗歌赞美你,健康快乐美佳佳。

祝女人节快乐!

(发表于2013年3月11日《昌平报》)

花草情趣

　　花草给大自然带来了勃勃生机。花草给生活带来了五彩缤纷，花草给人们带来了无限遐想，花草给人带来了幸福和甜蜜。

　　在画家的眼里，梅兰竹菊自不必说，那艳丽的牡丹、盛开的荷花、飘香的玫瑰、娇艳的月季……都成了他们的最爱。

　　也许是我教了几十年小学美术的原因，对花草也是非常喜爱。现在时节已进入冬季，北京的冬天还真够冷的，外面北风呼啸，雪花飞舞，而在我居住的地方，却春意盎然，充满了生机。

　　我住的是五楼，在阳台上种了几盆花草，这几盆花草，是我在大街上捡来的，是"十一"过后被园林工人淘汰的，我当时选了几枝完整的带回家。

我把它们分别栽在花盆里，每天清晨早起，我便为它们松土、浇水。渐渐地它们耷拉的头抬了起来，没过几天，在它们的枝杈处又滋出了新芽，就这样，这几盆花草在我们的注视下默默地成长。又过了几天，我惊喜地发现，在它们的新芽后，长出了一簇簇的花蕾，再后来花蕾变得圆圆的饱饱的。如今，它们都争先恐后地纷纷绽放，用它们不同的姿态展现着自己的美丽，我不知道这些花草的名字，但它们用鲜艳告诉我它们的价值，它们之中有深红、大红、粉红，还有一盆是橘黄色，再配上嫩绿的叶子，真是美丽异常。

来我家串门的亲戚朋友，我一定要他们去阳台看看我种的花，他们看后都感觉不错，赞美地说："这些花真漂亮。"

对于爱花的我来说，即使是路边的野花，也是那么迷人，石缝中的小草也是那么顽强。它们是平凡的，但它们始终保持着积极向上的情怀，构成了一道不容忽视的风景线。

在时间流逝中，它们有的凋谢了，但新的花蕾又吐出了芬芳。假如用花来比喻饱经沧桑的人生，那便是实例。在人生的道路上需不断进取，不断创新，让生命之花开得更加艳丽。

（发表于 2013 年 2 月 18 日《昌平报》）

牛街琐忆

好一场春雨

春雨贵如油。

几天前蛇年的第一场春雨如期而至。那淅淅沥沥的雨声如一曲优雅的小曲，宣告这春天的到来。

20世纪末有一首好听的歌，那就是《三月里的小雨》，歌中唱道：三月里的小雨淅沥沥沥沥沥，淅沥沥沥下个不停，山谷里的小溪哗啦啦啦啦，哗啦啦啦流不停，小雨为谁飘，小溪为谁流……

三月里的小雨，你来得真是时候。

你带来了春天的信息，初春北方是干燥的，时不时会刮起阵风，天空往往灰蒙蒙的。而你的到来，像是清新剂，使天空和大地变得清晰起来，天空中的烟尘也随你的到来而落在了地上。人们呼吸着雨后带来的新鲜空气，凉凉的、甜甜的，非常舒服，真是一场好雨啊！

你带来了春天的希望，春雨绵绵，如烟如雾飘落在田野上，滋润着嫩绿的麦苗。春雨霏霏，唤醒了沉睡的大地。小草醒了，渴望尽快地钻出土壤。柳树醒了，就要展示它的新衣裳。辛勤的农民即将卷起裤腿，挽起袖子下到田野里把手中的秧苗欢快地插入田间，随着那一捧捧新绿，梦想也深深扎根于土壤。

三月里的小雨如诗、如画、如歌……伴随着春天的脚步向我们走来。好一场春雨！

（发表于2013年3月15日《京郊日报》）

感悟人生

人生在历史的长河中是短暂的,几十年的时间匆匆而过,真是快极了。伟人大笔一挥写下弹指一挥间的豪言。一位作家也曾形容人生如早晨叶子上的露珠,太阳一出来就没了。

说到现实,人来世上一趟不容易,会发生和遇到各种各样的事,如能细细感悟,大都富有哲理,耐人寻味。

人生如琴。琴,古老而悠久,中外皆有之,而且种类繁多。有人说琴是乐器的代表,我认为不为过。细细想来,人生就如琴。人生的琴是靠心弦来拨动的,当你从小到大,每当取得成就(包括成绩和成功)时,你心弦的琴声就会奏出美妙的乐曲,使你感到非常的兴奋和舒畅。相反,如果遇上了挫折和困难,你的心弦就会杂乱无章,噪音迭起,使人心烦意乱。其实,你只要调好琴的心弦,胜不骄,败不馁,敢于面对现实,你一定会奏出人生最美的乐章。

人生如棋。棋盘上两军对垒,杀得难解难分。人生何不如此,你的对手就是命运。面对求学、求职、求事业,在各种征途上,你都得去拼搏。有时你需要认真思考,有时还需大胆、果断,充分利用自己的智慧和勇气去赢得胜利,也许你会遇上强硬的对手,此时你也不要轻易放手,哪怕只剩两个小卒,也要勇敢地去冲杀,直逼对方九宫,也许你会"柳岸花明又一村"。

人生如书。人生就像一本书,要一页一页地去写,在这本书里会记下你的喜怒哀乐,成功与失败,幸福与烦恼。人终究是人,不是神,在人生的这本书里,看你如何去把它写好。干什么事都需脚踏实地,切不可抱有侥幸心理,更不可能天上掉下来馅饼恰巧砸在你的脑袋上,也不可投机取巧,否则会遗恨终生。人要活得正直,时刻记住"好人一生平安"这句名言,这样你就会活得坦坦荡荡、无忧无虑,感到无比的幸福,睡梦中都是甜的。

人生如画。细细感悟,人生就像一幅五彩缤纷的画卷展现在自己的面前。

少儿时期的金色年华，充满着童真和无邪，无比的幸福和美好。青年时期的奋力拼搏，抓住契机扼住命运的喉咙，为自己的事业和前途打下坚实的基础。这段时间也是人生中最美好的阶段，朝气蓬勃，好像早晨八九点钟的太阳，浑身上下充满了使不完的力量，轰轰烈烈，潇潇洒洒地享受人生中最幸福的时光。中年时期年富力强，正是干事业的大好时机，争取在自己的人生画卷上描上辉煌的一笔。晚年的时候要调整好自己的心态，做些自己力所能及的事，关键的还是享受自己的天伦之乐，安度晚年，只有这样才能对得起自己美好的人生。

（发表于2011年4月1日《新周刊》）

后记

写作充实了我的生活

我的兴趣爱好比较广泛，如美术、书法、读书、写作、唱歌、唱戏、下棋（象棋）、摄影、旅游、烹调等。就是这些个兴趣爱好的养成，给我的工作、生活带来极大的方便，在我绚丽多彩的人生道路上撒满了幸福与欢笑，并留下了美好的记忆。

在我这些兴趣爱好之中，读书和写作是我的最爱。因为读书是从小养成的习惯，所以我对书非常喜欢，因此写出了《我爱读书》的一篇小文。

写作是我的最大愿望，由于看的书多了，自己也总想写点儿什么，可总是抓不着头绪，不知怎么写，也不知从哪儿写。在年轻的时候也曾断断续续地写过几篇，均不成功。我是小学教师，每周18节课，工作繁忙，每天备课，批改作业，还有一些其他的事务需要去做，所以时间非常紧，也就想不起来了。

2003年初，我写了我的第一篇文学作品——散文《美哉，昌平的山》，发表在《昌平周刊》上，我心里真是高兴。因此也就认识了《昌平周刊》的编辑刘金玲，是她当初对我的文章给予肯定，同时提出了不足和需要注意的地方。在以后又连续发表了几篇散文作品，使我写作的信心大增，可以说，刘金玲是我的引路人，也是我的良师益友，我非常感谢她。

我要感谢的第二个人就是《京郊日报》的副刊编辑张晓红，是她让我在省市级的报刊上发表了第一篇文学作品——散文《桑葚熟了的时候》，还配上了精美的题图，我心里真是激动万分，好高兴！在以后的日子里，《京郊日报》又发表了我多篇作品。因此我非常感谢张晓红，她是我的领路人，使我向更高的一层台阶迈进。我和她从来没见过面，只是通了几次电话，仅此而已。

我写作涉及的面儿很广，以散文为主，此外还有随笔、评论、诗歌、歌词、相声、笑话、幽默等方面。近十年来我在各报纸杂志上发表作品约20多万字。尤其近两年来，我的思路大开，记忆的闸门一打开，美好的文字像清泉一样奔流不息，因此也就写出了关于老北京的多篇记忆文章，写得多了就想出一个小册子，让更多的人和我一起分享其中的快乐。

在我的文学道路上，我还要感谢高若虹老师（中国作家协会会员，北京市昌平区作家协会副主席，《昌平文艺》主编），他给了我不少的帮助。我衷心地感谢他。

我今天能出这本书，还要感谢一个重要的人，她就是我同楼的邻居宋文莲女士（还有她的女儿罗雪），因为我不会电脑，这本书中所有的文字都是她一键一键敲出来的，而且不厌其烦，反复修改，甚至一个标点符号也不放过，直到满意为止。可以说，没有她的帮助，就没有这本书，我非常感谢她。

今后我还会继续写下去，虽然我已经退休了，但写作充实了我的生活，同时也给我带来了快乐，我要用手中的笔把我看到的、听到的、想到的写出来，把其中的快乐带给大家，与大家一起分享。

郑重声明

此书中的插图和照片均由作者本人绘制和拍摄。只为文化传播,没有商业用途。特此声明。